Pete Smith
wuchs als Sohn einer Spanierin und eines Engländers im westfälischen Soest auf. An der Universität Münster studierte er Germanistik, Philosophie und Publizistik. Danach arbeitete er als Redakteur einer Tageszeitung, bevor er sich als freier Schriftsteller in Frankfurt am Main niederließ. Er schreibt Romane, Erzählungen und Hörspiele für Erwachsene und Kinder.
Mehr über den Autor unter www.pete-smith.de

Von Pete Smith im Verlag Carl Ueberreuter erschienen:
So voller Wut
Verschollen-Reihe:
2033 – Verschollen in der Zukunft
168 – Verschollen in der Römerzeit
1227 – Verschollen im Mittelalter

Pete Smith

Arm sind die anderen

UEBERREUTER

Das säurefreie und alterungsbeständige Papier EOS liefert Salzer, St. Pölten
(hergestellt aus chlorfrei gebleichtem Zellstoff aus nachhaltiger Forstwirtschaft).

ISBN 978-3-8000-5635-4

Umschlagillustration und Umschlaggestaltung von Nurten Zeren, zerendesign.com

Druck: CPI Moravia Books GmbH
7 6 5 4 3 2 1

Ueberreuter im Internet: www.ueberreuter.at

1

Mama stahl sich ausgerechnet in der Nacht aus unserem Leben, in der ich mit meinem Freund Agi durchs »Rote Haus« streifte, eine Nacht wie ein Traum, der sich lautlos heranschleicht, aufregend, fiebrig, ruhelos und geheimnisvoll. Eine Nacht, die man nie vergisst, weil sie nie endet, die längste, die dunkelste Nacht meines Lebens.

Diese Nacht hat mich hierhergebracht: an den kältesten Ort der Welt. Sie hat mir die Augen geöffnet für die Schönheit des heraufdämmernden Tags.

Wenn ich die Augen schließe, sehe ich als Erstes den Schnee dieser Nacht. Flocken, die zu Boden schweben, die herumwirbeln und miteinander verschmelzen, die aufleuchten und verblassen, die vor dem grauen Himmel tänzeln und vor dem Weiß der Wände plötzlich verschwinden, die die Scheibe küssen, um sich in wässrige Kristalle zu verwandeln. Schnee, der sich auftürmt, das Elend verdeckt und die Welt verzaubert.

Der Platz vor dem Haus, die Straße, die Vorgärten, die Büsche und Bäume, die parkenden Autos, der Müll – alles lag unter einer dicken weißen Decke begraben. Auf der Wiese zwischen den Häusern thronte ein gigantischer Schneemann, dem ein Witzbold einen ebenso gigantischen Ständer verpasst hatte. Am Rande der Gehwege ragten meterhohe Schneegebirge empor. Einen abseits gelegenen Hügel hatten die Zwillinge aus dem dritten Stock festgestampft und ausgehöhlt – seitdem krochen sie jeden Abend in ihre Höhle, um sich vor ihrem besoffenen Alten zu verstecken.

Es war die Nacht vor Heiligabend. Seit fünf Tagen schon schneite es ohne Unterbrechung. Die Zeitungen würden später von einem *Jahrhundertwinter* schreiben, dabei war vom Jahrhundert erst ein Jahrzehnt vergangen. Uropas Standuhr schlug neun, als ich am Küchenfenster stand und überlegte, hinunterzulaufen und über die Wiese zu stapfen, Spuren im Schnee, die ich nachher vom Fenster aus betrachten könnte – wie lange würde es dauern, bis meine Fährte unter dem flockigen Teppich verschwand?

Gegen Winterromantik und weiße Weihnacht und die Schwermut der Verlierer am Ende eines Jahres bin ich immun. Aber in dieser Nacht …

Ich sah hinaus und hoffte, dass etwas geschah. Ein Wunder oder ein Unglück, ein Anfang oder ein Ende, ganz gleich was, aber doch ein Ereignis, von dem wir auch morgen noch sprechen würden und vielleicht sogar im kommenden Jahr.

Seltsam, dass auch Schneeflocken wie Blätter hinabschweben, warum drehen sie sich nicht, um ihren Luftwiderstand zu verringern?

Mit einem Mal wuchs die Stille und war bald so tief wie der Schnee. Auch die Stille in mir. Zum ersten Mal in meinem Leben bekam ich eine Ahnung, was es bedeuten könnte, Angst zu haben. Ich stand ganz ruhig. Wartete. Aber nichts geschah. Jedenfalls nichts, das sich beobachten ließ. Vielleicht stand die Welt still oder die Zeit oder ich war taub oder tot, ich wusste es nicht. Ich weiß nur, dass man die Einzigartigkeit eines Augenblicks erst wahrnimmt, wenn er vorüber ist, und später nie sicher sein kann, ob die eigene Erinnerung ihn verklärt.

Ich schreckte auf, als es läutete und Opa zu brüllen begann und der Fernseher aufjaulte und eine Tür knallte, ein aufeinander abgestimmtes Spektakel, das nur einem Zweck diente: dem Träumer in mir klarzumachen, dass Lautlosigkeit eine Illusion ist und innere Ruhe einer höheren Bewusstseinsebene bedarf, die ich nie erreichen würde – sosehr ich mich auch danach sehnte.

Wenige Augenblicke später stand Mama in der Tür. Ihre Augen waren gerötet, die Wimperntusche verlaufen.

»Kannst du … bitte …?«

Ihr Mund zuckte, ihre Stimme war kaum mehr als ein Flüstern.

Sie wartete meine Antwort nicht ab, sondern löste sich einfach auf, wie immer, wenn sie diese Stimmung hat, die sie selbst ihre *dunklen Tage* nennt, unter der sie jedoch Wochen oder Monate leidet.

Während ich noch nickte, nahm mein Unterbewusstsein wahr, wie es erneut an der Haustür klingelte.

Kannst du …

… bedeutete, dass ich Opa zum Schweigen bringen sollte.

… bitte …

… hieß, wenn du's nicht machst, spring ich aus dem Fenster.

Das Gebrüll kam aus dem Bad. Als ich die Tür aufriss, stand Opa nackt in der Badewanne und fummelte an seinem Dings.

»Was ist? Hast du dir wehgetan?«

»Wonach sieht's denn aus, du Idiot?!«, schnauzte er mich an, bückte sich und schleuderte die Seife nach mir. Sein Schwung ließ ihn trudeln, sodass er ausrutschte und auf seinem knöchernen Arsch landete. Er schrie auf, diesmal vor Schmerz. Als ich ihm zur Hilfe eilte, läutete es zum dritten Mal.

Meine Geschwister stellten sich noch immer taub.

»Heeey, ihr Toys!!«, schrie ich, während ich Opa hochhalf. »Macht endlich einer diese verdammte Tür auf?!«

Opa wütete weiter. Ich wich ihm aus. Eine Strähne seiner fisseligen Haare hatte sich in seinen buschigen Augenbrauen verfangen und behinderte seine Sicht. Aus seinen Mundwinkeln schäumten weiße Flocken, und sein spitzer Adamsapfel hüpfte über seinen Hals wie eine wild gewordene Springmaus. Als er wieder nach mir schlug, drückte ich ihm blitzschnell die Seife in die Hand.

Der Trick wirkt immer. Unruhig wanderte Opas Blick von der Seife zu mir.

»Was …? Woher …? Kannst du zaubern?«

»Sehe ich aus wie Harry Potter?«

»Harry wie?«

Ich nutzte Opas Verwirrung, um ihn über den Badewannenrand auf die versiffte Matte zu bugsieren. Sein blau-rot-weiß gestreifter Bademantel, ein Relikt der guten alten Zeit, lag neben dem Klo. Ich half ihm hinein und schlang den Gürtel um seinen dürren Leib. In diesem Moment hörte ich eine vertraute Stimme in meinem Rücken:

»Sly, was geht! Hallo, Herr Schröder. Schicker Bademantel.«

Wenn Agi sich bemüht, höflich zu sein, geht es meistens daneben. So auch diesmal. Misstrauisch sah Opa an sich hinunter, bevor er meinen Freund ins Visier nahm. Dessen hünenhafte Gestalt begann unter den Blicken des Greises zu schrumpfen. »Will mich der Kanake ver… verscheißern?«, keifte Opa. »Was sucht denn der auf meinem Klo? Hat der … muss der pissen, oder wie … oder warum hängt ihm die Hose im Knie?«

Ruckartig raffte Agi seine Saggy Pants über die Hüfte. »Ich wart lieber draußen«, raunte er und tauchte in den rettenden Flur.

Ich stellte meine Ohren auf Durchzug. Mit Opa sollte man nicht diskutieren. Schon gar nicht, wenn man ihn gegen seinen Willen ins Bett bringt.

Opa ist vor einem halben Jahr eingezogen. Mama hat ihn zu uns geholt, weil er Omas Tod nicht ertragen konnte. Wir haben zwar nicht so viel Platz wie Mamas Schwester, aber bei der lieben Tante Ida und ihrem Großkotz Karl war Opa leider nicht willkommen. *Dann rücken wir halt enger zusammen,* meinte Mama, *bis euer Opa in die ewigen Jagdgründe einzieht.*

Im August ist Opa zweiundsiebzig geworden. Kein Alter, meint Mama und hat damit vermutlich recht. Dennoch hat sich Opa verändert. An manchen Tagen sitzt er stundenlang in seinem Sessel und starrt vor sich hin. Spricht ihn einer an, reagiert er nicht oder er brüllt rum, besser also, man lässt es. Dann wieder ist er aufgekratzt, mischt sich überall ein, rennt in der Wohnung herum und hört gar nicht mehr auf zu reden – bloß dass er wieder und wieder dasselbe erzählt, was sogar Mama auffällt. Kürzlich hat sie mich gefragt, ob Opa Alzheimer haben könne. Ihr zuliebe habe ich im Internet nachgesehen. In seinem Alter hat nur jeder zwanzigste Alzheimer, aber um ganz sicherzugehen, müsste Mama Opa zum Arzt schleifen. Davor hat sie natürlich Angst. Wenn Opa nämlich ins Heim müsste, wäre sie schuld. Und noch mehr Schuld können ihre schmalen Schultern nicht tragen.

Als ich Opa endlich ins Bett gebracht hatte, stand das nächste Problem an. Ein weitaus schwierigeres, das ich bis dahin erfolgreich verdrängt hatte:

Wem konnte ich bei meiner Auswechslung die Kapitänsbinde anvertrauen? Wer würde mich vertreten, wenn ich mit Agi loszog?

Mama fiel schon seit Wochen aus. Die *dunklen Tage* hatten sie voll im Griff. Die meiste Zeit lag sie auf der Couch im Wohnzimmer, wo sie auch nachts schläft. Zu diesem Opfer fühlt sie sich ihrem Vater gegenüber verpflichtet. Opa ist der Einzige von uns, der ein eigenes Zimmer bewohnt. Zweiundachtzig Quadratmeter für sechs Personen – da schrumpfen erst die Ansprüche und dann die Bedürfnisse.

Blieben also Inno und Enja.

Inno ist die Abkürzung von Innozenz, die heilige *Unschuld*, ein Name, der zu einem Papst passt, aber nicht zu meinem kleinen Bruder. Mit Inno teile ich mir ein Zimmer. Seine Hälfte haben wir auf seinen Wunsch hin komplett schwarz angemalt. Nicht nur die Wände und die Decke über seinem Bett, sondern auch das Regal und den Bettkasten und den kleinen Nachttisch daneben. Auf dem Boden vor seinem Bett liegt ein schwarzer, fleckiger Teppich, den er auf dem Sperrmüll ergattert hat. Als wir eingezogen sind, hat er allen Ernstes vorgeschlagen, einen Zebrastreifen zwischen seiner und meiner Hälfte zu pinseln. Vielleicht hätte ich mich ja darauf einlassen sollen, das hätte ihm wenigstens ein paar weiße Streifen in seinem Leben beschert. Denn sonst ist alles schwarz – sein Schrank, sein Schreibtisch, sein Bettzeug, sein Schlafanzug, seine Hosen, seine Pullis, sein Basecap, seine Unterhosen, seine Socken, nur bei seinen Schuhen macht er manchmal eine Ausnahme. Selbst Innos Seele ist düster. Am liebsten treibt er sich auf Friedhöfen herum. Um mit den Toten zu sprechen, wie er sagt. Er denkt ziemlich viel nach, vor allem über das Jenseits. Oft liegt er im Bett und liest. Meistens im selben Buch. In seiner Bibel, der »Enzyklopädie denkwürdiger Arten, aus dem Leben zu scheiden«. Inno hat einen Schuss. Aber er tut niemandem weh. Außerdem ist er erst zehn. Und er ist mein Bruder.

In jener Nacht lag der Unschuldige schon im Bett und schlief. Oder er tat so, als ob. Ich schlich mich heran und beugte mich über ihn. Sein dichtes, schwarz gelocktes Haar, das einzige Erbe seines portugiesischen Vaters, ließ seine bleiche Haut noch bleicher erscheinen. Bildete ich mir das nur ein oder spielte um seine Pausbäckchen tatsächlich ein übermütiges Lächeln?

Am Fenster brannte seine Kerze. Einen Moment überlegte ich, ob ich sie einfach auspusten sollte – eine effektive Methode, um die Wahrheit aus ihm herauszukitzeln. Wie Opa fürchtet sich Inno nämlich vor Gespenstern, auch wenn er seine Furcht lieber Ehrfurcht nennt. Das Kerzenlicht jedenfalls soll die Geister bannen.

Ich schlich zum Fenster und spitzte schon die Lippen, als ich jäh innehielt. Wenn Inno nur so tat, als ob er schliefe, würde ihm die plötzliche Dunkelheit eine Heidenangst einjagen. Bis ich meinen kleinen Bruder endlich beruhigt hätte, wäre Agi schon über alle Berge.

Ich ließ es.

Ich versuchte mein Glück also bei Enja, meiner süßen, zickigen, einsamen, einzigen und einzigartigen Schwester. Enja ist zwölf und das komplette Gegenteil ihres Bruders. Sie ist groß und dünn und so blond, dass sich die Leute nach ihr umdrehen, wenn sie ihre Haare nicht unter einer Kappe oder Kapuze versteckt. Ihre Zeit verbringt sie damit, an Mamas PC durch die Chatrooms der Welt zu surfen, auf der Suche nach einem Typen, der sie trotz oder wegen ihrer Härte sich selbst und dem Leben gegenüber unwiderstehlich findet. Wenn der Computer belegt oder das Geld knapp ist, brütet sie in Illustrierten über Preisausschreiben, die glänzende Gewinne verheißen. Freundinnen hat sie keine, denn außer ihr und der männermeuchelnden Elektra sind alle Mädchen Tussen. Ein weiterer Grund, die Welt da draußen zu meiden.

Ich klopfte zaghaft, um Flo nicht zu wecken. Flo ist unser Bambi, mit dem sich Enja ihr Zimmer teilt. Ich hielt mein Ohr an den abblätternden Lack, aber drinnen blieb es auffallend still. Ich probierte es erneut, eindringlicher als vorhin, doch wieder ohne Erfolg. Behutsam drückte ich die Klinke herunter und trat ein. Flo schnarchte leise. Enja hockte im Bett, in der einen Hand eine Taschenlampe, in der anderen ein buntes Magazin. Sie sah nicht auf.

»Kannst du …?«, flüsterte ich.

»Vergiss es!«, zischte sie.

»Danke«, erwiderte ich und zog sachte die Tür hinter mir zu.

Im Flur raffte ich meine Jacke vom Haken und sprintete los.

Agi wartete im Treppenhaus. »Hat mich der alte Sack wirklich Kanake genannt?«, grunzte er.

»Weg hier!«, raunte ich.

Zwei Stockwerke tiefer hörte ich unter dem Dach eine Tür aufspringen und kurz darauf eine schrill-piepsige Stimme, die von Agis Absätzen zerhackt wurde. Ich konnte kaum etwas verstehen, nur »Wichser« und »… du kannst mich …« und »… fick dich doch …«. Womit wohl alles gesagt war.

2

Draußen empfing uns ein schneidender Wind, der uns den Schnee ins Gesicht blies. Wir wohnen am Cheruskerweg, am Ende einer Sackgasse, aus der nur ein Weg hinausführt. Wer in die Stadt will, nimmt den Bus und hat die Wahl zwischen zwei Haltestellen. Die eine ist drei, die andere sieben Minuten entfernt. Wir entschlossen uns für den kürzeren Weg. Als uns der Bus auf der Hälfte der Strecke überholte, wussten wir, dass wir die falsche Entscheidung getroffen hatten. Wir machten kehrt und stiefelten in die andere Richtung. Schon von Weitem sahen wir den 59er am Alleehaus stehen. Er schien zu warten. Doch offensichtlich nicht auf uns. In dem Augenblick nämlich, als wir losrannten, drückte der Fahrer aufs Gas, sodass ihn noch nicht einmal unsere Flüche einholten.

Wir machten uns zu Fuß auf den Weg. Agi schwieg. Ich fragte ihn, was los sei. Statt einer Antwort deutete er auf seine im Schritt ausgebeulte Hose. Offenbar war seine Vorfreude größer als meine.

Als wir am Höchster Bahnhof ankamen, war es elf Uhr vorüber. Immerhin hatten wir Glück, dass wir die gerade einfahrende S-Bahn erwischten. Im Zug setzte sich Agi neben mich. Er schwitzte. Sein Cool-Water-Fake raubte mir den Atem.

»Kannst du nicht mal weniger draufspritzen?«, zischte ich.

Er grinste breit, sodass sich sein dünner Klobrillenbart zum Trapez spreizte. »Weißt du, wenn ich spritze, dann richtig.«

Womit wir wieder beim Thema waren.

Agi heißt eigentlich Agamemnon und ist Zypriote, wie er unter Deutschen gern betont, aber weil schon seine Eltern hier geboren sind, hat auch er einen deutschen Pass. Sollte er es je in eine Talkshow schaffen, wird ihn die Moderatorin als Mitbürger mit Migrationshintergrund vorstellen, dabei ist an Agi nichts Hintergründiges, im Gegenteil, jeder Gedanke steht ihm auf seine hohe Stirn geschrieben, gut lesbar für jedermann, vor allem für Frauen. Denn seine Gedanken kreisen ohne Unterlass um das eine.

»Fuck, mein Schwanz klemmt«, zischte er, während seine Hand in seine Hose rutschte, um sein Teil zurechtzufummeln. Als er seine Beine streckte, traf er die Frau gegenüber. »'tschuldigung«, seufzte er und leckte sich über die Lippen, »muss sein, ja, so ist besser.«

Die Frau blitzte ihn wütend an, stand auf und setzte sich demonstrativ auf einen Platz im hintersten Winkel des Abteils.

»Ist wohl schon lang nicht mehr durchgenudelt worden, die Alte.«

Wenn man mit Agi unterwegs ist, ist das lustig oder peinlich oder beides zugleich. Die Welt betrachtet er als seinen Spielplatz, und wehe, einer stellt sich ihm in den Weg. Agi strotzt nur so vor Kraft und weiß nicht wohin damit. Seine Energie ist beneidenswert, sein Selbstvertrauen nicht zu erschüttern. Neulich hat uns Agi seinen Lebenstraum offenbart: Pornodarsteller! DJ Schmitt, Hermann der Cherusker und Raymond X haben so laut gelacht, dass selbst Raymonds taubstumme Oma hellhörig wurde und gestenreich um mehr Ernst bat. Als sie weg war, knöpfte Agi in aller Seelenruhe seine Hose auf und zog sein Teil heraus. Von da an hat niemand mehr gelacht.

Ich sehe das so: Agi hat wenigstens eine Vorstellung von seiner Zukunft, eine Vision, und damit ist er uns anderen meilenweit voraus. In einem halben Jahr muss ich mich entscheiden: abgehen oder absitzen. Keine Ahnung, ob ich eine Lehrstelle finde, keine Ahnung, ob ich es bis zum Abi packe.

Und wenn, was dann? Ich kann nicht viel. Außer kicken und klettern. Und die Kacke von meinem kleinen Bruder wegmachen. Bildung ist alles, sagt Mama. Aber bei ihr bedeutet »alles« nichts.

Also: Warum nicht Pornostar? Agis Begründung jedenfalls ist so einfach wie genial: »Da hast du immer die schärfsten Bräute und kriegst auch noch Kohle dafür.«

Ein Filmchen hat Agi schon gedreht. Mit dem Handy. Man konnte zwar nicht viel erkennen, aber das, was man sah, war offen gesagt ziemlich öde. Nach weniger als einer halben Minute war der Spaß vorbei. Seine Hauptdarstellerin, angeblich eine Mischung aus Megan Fox und Jessica Alba, wollte unerkannt bleiben. Immerhin durfte Agi ihre Hand filmen. Sein Glück, dass er selbst Pranken wie Baggerschaufeln hat, sonst hätten die anderen sein Filmchen womöglich als One-Man-Show verhöhnt.

Zwanzig Minuten später kamen wir am Hauptbahnhof an. Unglaublich, wie viele Leute dort nachts noch herumlaufen – selbst wenn Heiligabend vor der Tür steht! Einige der Jungs, die wie wir zum Flussviertel wollten, trugen Weihnachtsmützen und tranken Bier aus Dosen. Einer brüllte rechte Parolen. Zu uns hielten sie Abstand.

Die meisten Typen haben Respekt, selbst die Hardcores und Faschos gehen uns aus dem Weg, auch wenn Agi mit seiner schwarzen Mähne und seinen zusammengewachsenen Augenbrauen haargenau in ihr Beuteschema passt. Aber Agi ist der »König von Mykene« (was mit griechischer Mythologie und Troja und diesem ganzen Mist zu tun hat), ein Krieger, kräftig wie ein Bär, der keinem Fight aus dem Weg geht, während ich seinen Gefährten Odysseus spiele, den Findigen und Furchtlosen (was ebenfalls mit Troja und schönen Frauen und einer atemberaubenden Irrfahrt zu tun hat). Zusammen sind wir unschlagbar.

Der Schnee trieb die Menschen vor sich her, nur wir stemmten uns ihm entgegen. Wir dehnten die Zeit, blödelten herum, teilten uns zwei Zigaretten hintereinander und ließen uns auf ein Gespräch mit einer traurig aussehenden Türsteherin ein, die uns in ihr Etablissement locken wollte, obwohl sie uns doch sicher ansah, dass wir keinen Cent zu viel hatten.

Den Moment höchster Spannung hinauszuzögern gehört zu unseren Ritualen, weshalb wir erst um Mitternacht die Plexiglastür zum Paradies aufstießen.

Im Flur roch es nach Moschus oder Räucherkerzen. Auf der Treppe kam uns ein Mann mit Hut entgegen, den ich von irgendwoher kannte. Im dritten Stock fiel es mir ein. Er war Physiker und hatte vor einem Jahr in unserer Schule einen Vortrag über Safer Sex gehalten.

Ich folgte Agi in den fünften Stock, wo seine Göttin ihre Gemächer bewohnt. Ihr Tor war verschlossen.

»Fuck!«, fluchte der »König« wenig erhaben. »Fuck! Fuck! Fuck!«

In diesem Moment sprang die Tür gegenüber auf. Ein Mann huschte heraus, hinter dem ein Mädchen auftauchte und uns anlächelte.

»Hallo, wen haben wir denn da, kommt doch mal näher …«

Sie war nur wenig älter als wir. Eine Strähne ihres blauschwarzen Haars kitzelte ihre Nase, bis sie sie wegblies. Ihre Augen leuchteten hell, blau oder grün, so genau konnte ich das in dem schummerigen Licht nicht erkennen. Sie trug glitzernde Pantys und einen passenden BH. Ein geflochtener Zopf fiel ihr über die Schulter, an dessen Ende eine Feder hing. Auf Sandaletten mit Pfennigabsätzen tänzelte sie auf uns zu. Sie ergriff meine Hand. An ihrem Arm baumelten Dutzende bunter Reife.

»Na, wie wär's, Süßer?«, flötete sie. »Blasen, ficken, dreißig Euro.«

Auf ihrem Zahn funkelte ein Diamant, um ihre glänzenden Lippen spielte ein Lächeln. Ich versuchte sie nicht anzustarren. Hätte ich dreißig Euro gehabt, wäre ich mit ihr gegangen. Schon um sie weiter ansehen zu dürfen und diesen Anblick mit niemandem, schon gar nicht mit Agi, teilen zu müssen.

Ich setzte an, um es ihr zu erklären, aber mir fehlten die Worte. Daher schüttelte ich nur den Kopf und hoffte auf Gnade.

»Was ist mir dir?«

Die Schöne ließ mich einfach stehen und wandte sich meinem Freund zu. Ich hielt die Luft an. Agis Blicke schleckten über ihre bronzene Haut wie eine Kinderzunge über Mokka-Eis. *Er* hatte dreißig Euro, deshalb waren wir ja hier, aber ich betete, dass er sein Geld behalten würde, um es *seiner* Göttin zu opfern.

Meine Bitten wurden erhört. Aus den Augenwinkeln heraus nahm ich wahr, wie sich in unserem Rücken eine Tür öffnete. Agi, dessen Hand schon in seiner Tasche kramte, hielt mit einem Mal inne und wandte sich um. In seinen Augen leuchtete ein Licht auf.

»Maria«, krächzte er.

Die Frau in der Tür lächelte huldvoll. Sie war so schön wie die Stiefmutter im Märchen. »Wenn das nicht mein kleiner König ist«, entgegnete sie und trat einen Schritt zur Seite. Auf ihren Plateauschuhen war sie ebenso groß wie mein Freund. Agi schlüpfte an ihr vorbei, ohne sich noch einmal nach mir umzudrehen. Sanft schloss sich die Tür und ich war mit meiner Prinzessin allein.

»Na, was ist? Hast du es dir überlegt?«, fragte sie, als ob sie die ganze Zeit auf meine Antwort gewartet hätte.

»Ich würd ja gern«, stammelte ich, »aber ich habe wirklich kein Geld.«

»Ohne Geld stiehlst du mir bloß meine Zeit.«

Ich schlich davon. Einmal mehr musste ich einsehen, dass das Tor zur Märchenwelt für einen wie mich verschlossen blieb. Ich fühlte mich klein.

Plötzlich hörte ich, wie jemand hinter mir hertrippelte. »Wart mal! Hast du wenigstens 'ne Zigarette für mich? Ich kann gerade nicht weg.«

Die Prinzessin lächelte wieder ihr Prinzessinnen-Lächeln.

Ich zupfte meine Kippen aus meiner Hosentasche und gab ihr eine. Während ich mir selbst eine ansteckte, fragte ich sie nach ihrem Namen.

»Fiona«, antworte sie. »Und du?«

»Sly. Mit Ypsilon.«

»Sly? Ist das ein Name?«

»Nein, eher ein Zustand.«

Sie lachte. Zum Glück fragte sie nicht weiter. Denn sonst hätte ich ihr womöglich das Melodram meines Lebens erzählen müssen: vom armen Jungen, dessen grausamer Vater sich unmittelbar nach seiner Geburt aus dem Staub macht, nicht ohne dem ungewollten Baby bleischweren Ballast anzuhängen, indem er ihn nach dem Helden seiner eigenen Kindheit benennt. Nach einem zerbeulten, prügelnden, schießwütigen Schauspieler mit Silberblick, ausgerechnet Sylvester, kurz Sly, keine leichte Bürde für ein Kind und eine ewige Herausforderung für einen Teenager.

»Fiona bedeutet die Helle, passt doch, findest du nicht?« Sie lachte wieder.

»Und woher kommst du?«, fragte ich.

»Rat doch.«

»Weiß nicht. Venezuela?« Irgendwo hatte ich gelesen, dass die schönsten Frauen der Welt aus Venezuela stammten.

Sie dachte einen Moment nach. »Venezuela, ja, warum nicht.«

Wir rauchten. Ein Mann tauchte auf, drehte jedoch ab, bevor er uns erreichte.

»Und?« Fiona trat einen Schritt zurück, legte den Kopf schief und runzelte die Stirn. »Wie alt bist du eigentlich? Darfst du überhaupt hier sein?«

»Rat doch.«

»Vierzehn?« Sie lachte hell auf und griff nach meiner Hand. »Wie süß«, hauchte sie, »ich mach doch nur Spaß.«

Vielleicht hatte Agis Vordergründigkeit ja tatsächlich den Bruchteil einer Sekunde auf mich abgefärbt. Möglich. Aber damit sind die Gemeinsamkeiten zwischen mir und ihm auch schon verbraucht. *Ich* jedenfalls halte mich an unsere Rituale. *Ich* kostete den Moment höchster Spannung aus – in dieser Nacht wohl mehr denn je! Doch während *ich* bei unserer Vereinbarung blieb, hatte sich King Porn längst verausgabt – ein geradezu jämmerliches Arbeitszeugnis, wenn man bedenkt, dass meine Filterzigarette noch glühte!

Als Agi auf den Gang trat, hätte ich ihn am liebsten ausgeknockt. Doch dann bemerkte ich den Buschbrand in seinen Augen und schluckte hinunter, was mir auf der Zunge lag.

»Fuck, Alter!«, schnaufte er und hieb mir auf die Schulter. »Der König wär dann so weit.«

Schon hatte Fiona meine Hand losgelassen. »Ciao, Süßer. Vielleicht sehen wir uns wieder?« Majestätisch stöckelte sie zurück in ihr Zimmer. Ich sah ihr nach und versprach es.

»Fuck! Fuck! Fuck!«

Agis satter Seelenfriede ging mir zunehmend auf die Nerven. Selbst die beißende Kälte konnte ihm nichts anhaben.

»Hast du gehört, wie sie gekommen ist? Die war so nass, die hätt's sogar umsonst gemacht!«

»Und warum hat sie nicht?«, warf ich bissig ein.

»Sie wollte ja, aber ich weiß doch, wie sehr sie das Geld braucht.«

Ich, sein bester Freund, hätte seine dreißig Euro in dieser Nacht auch gebraucht. Aber das kam ihm nicht in den Sinn.

Zusammen besaßen wir noch zwei Euro dreißig, die wir an der nächsten Trinkhalle gegen ein Bier tauschten, das wir uns teilten. Ein Junkie fragte, ob wir einen Euro übrig hätten, woraufhin ihm Agi vorschlug, seinen Joint dafür herzugeben, aber die beiden wurden nicht handelseinig.

Vermutlich gibt es keinen einsameren Ort auf der Welt als ein S-Bahn-Gleis um drei Uhr nachts. Wir warteten schweigend. Als der Zug endlich einfuhr, waren die Abteile leer. Durch die Scheibe sah ich Fiona. Sie lachte. Ich glaube, sie lachte mich aus. Egal. Hauptsache, sie blickte mir dabei in die Augen. Das war mehr, als ich in der letzten Nacht vor Weihnachten erwarten durfte.

Am Höchster Bahnhof erfuhren wir, dass der Busbetrieb aufgrund der unerwarteten Schneemassen bis auf Weiteres eingestellt worden war. Agi schwafelte von Schicksal, ich pinkelte in den Schnee.

Später, als ich Mamas Nachricht fand, fragte ich mich, wann sie in dieser Nacht wohl davongeschlichen war und ob ich sie, wenn weniger Schnee gefallen wäre, vielleicht noch getroffen hätte.

Hätte ich sie aufhalten können?

Als ich in den Cheruskerweg einbog und mich umsah, war Agi fort. Vielleicht war ich ihm zu schnell gewesen oder seine Blase zu voll, keine Ahnung, ich war zu müde, um darüber nachzudenken, und mein Verlangen nach Gesellschaft nicht groß genug, um in der Kälte auf ihn zu warten.

Im Hausflur muffelte es nach Kohl. Irgendwo schrie ein Baby. Am Aufzug hing das Pappschild »Außer Betrieb«. Offenbar erfüllt der Fahrstuhl in unserem Haus nur den einen

Zweck – uns wieder und wieder daran zu erinnern, dass es irgendwo weit hinter dem Regenbogen ein Leben ohne Stufen gibt, ein Dasein, das uns so lange verwehrt wird, wie wir in einem Haus wohnen bleiben, für das sich niemand zuständig fühlt.

Die Tür zu unserer Wohnung stand offen. Ich hielt die Luft an. Wenn Opa durch diese Tür geschlüpft war, war Weihnachten gelaufen. Auf Zehenspitzen huschte ich zu seinem Zimmer. Drinnen knurrte ein Köter. Ich entspannte mich. Wahrscheinlich hatte Enja in ihrer Wut die Tür so heftig zugeschlagen, dass sie wieder aufgesprungen war, und niemand hatte es bemerkt.

Inno schlief. Ich zog mich im Dunkeln aus und ging ins Bad.

Mama hatte ihren Abschied mit Lippenstift auf den Spiegel geschmiert. Fünf Worte ohne Anrede oder Abschied:

Ich kann einfach nicht mehr.

3

Das Summen in meinem Ohr schwoll zu einem Pfeifen an, mir wurde schwindelig, die Kacheln im Bad schoben sich näher, ich wankte, fiel, schlug aber nirgendwo auf.

Eine kreisende Ewigkeit lang torkelte ich durchs Nichts. Dann, plötzlich, blitzte ein Gedanke auf, verschwand wieder, kam zurück. Ich folgte ihm durch die dunkle Wohnung, lief durch den Flur und weiter ins Wohnzimmer zum Telefon. Ich tippte ihre Nummer ein. Wartete auf das Freizeichen. Der Ton brach ab …

Der gewünschte Gesprächspartner ist vorübergehend nicht zu erreichen.

The person you have called is temporarily not available.

Bitte versuchen Sie es zu einem späteren Zeitpunkt noch einmal.

Please try again later.

Ich blieb, wo ich war. Schloss die Augen. Mir war, als stürzte ich durch einen Spiegel in eine Welt ohne Grund. Ich hielt die Luft an, wartete, bis meine Schläfen zu pochen begannen, bevor ich weiteratmete, mich zur Ruhe zwang, vielleicht war alles gar nicht so schlimm, vielleicht …

Ich stand auf und sah in jedem Zimmer nach, ob die anderen da waren, Flo und Enja, Opa und Inno, ja, sie schliefen, nur Mama hatte sich aufgelöst, wohin war sie gegangen?

Ich kann nicht mehr.

Wie oft hatte ich diese Worte aus Mamas Mund gehört! Seitdem ich denken kann, immer wieder, manchmal an jedem verdammten Tag. So oft, dass ich ihr schon lang nicht mehr glaubte, wieso auch, es ging ja immer weiter, irgendwie …

Ich kehrte zurück ins Bad. Das war nicht ihre Schrift. Irgendwer hatte ihre Hand geführt. Die Buchstaben torkelten, die Wörter rutschten ins Bodenlose. Das war nicht ihre Schrift …

Ich kann einfach nicht mehr.

Anfang des Jahres war Mama dreiunddreißig geworden, am 13. Januar, ausgerechnet einem Freitag, sie sah darin ein Zeichen. Ich höre ihre Stimme, sehe ihr verhaltenes Lächeln, während sie die Kerze auf ihrer Minitorte ausbläst: »Dreiunddreißig, mein *Jesusalter*, nur dieses eine Jahr noch überstehen, dann kann mir nichts mehr etwas anhaben.«

An diesem Gedanken hangelte sie sich durchs ganze Jahr, Stunde für Stunde, Tag für Tag, Monat für Monat. Nun war der Dezember beinahe vorüber, das Ende ihres *Jesusjahres* also nah – warum hatte sie so kurz vor der Ziellinie plötzlich aufgegeben?

Im Wohnzimmer hockte ich mich auf Mamas Sofa und dachte nach. Während ich meinem Atem folgte, beruhigte sich allmählich das Chaos in meinem Kopf. Bis all meine Gedanken endlich in dieselbe Richtung schwärmten.

Einfach.

Ich kann *einfach* nicht mehr.

Manchmal macht ein Wort den Unterschied. Gerade oder gerade so. Halten oder durchhalten. Gehen oder zugrunde gehen.

Wann hatte sich das überzählige Wort in ihr festgesetzt?

Mama ist mit siebzehn das erste Mal schwanger geworden. Zu einem Zeitpunkt, da sie sich ein Kind eigentlich nicht vorstellen konnte. Sie war ja selbst noch ein Kind, wohnte zu Hause und ging zur Schule. Dass sie sich dennoch gegen eine Abtreibung entschieden hat, bindet mich an sie, denn ich lebe gern.

An dieser Entscheidung war mein Erzeuger nicht beteiligt. Er hatte sich gleich nach dem positiven Schwangerschaftstest aus dem Staub gemacht und kehrte erst zu meiner Geburt wieder zurück, bevor er wenige Monate später endgültig verschwand. Jahrelang ließen mich alle in dem Glauben, dass er tot sei. Bis Opa und Oma eines Tages einen Brief von ihm erhielten, der eigentlich an mich adressiert war. Darin erfuhr ich, dass der, der sich mit einem Mal mein *Vater* nannte, seit Jahren als Obergärtner in Abu Dhabi arbeitete, auf der arabischen Halbinsel, im sogenannten Nahen Osten, der für mich jedoch so fern war wie ein entlegener Planet. Er schrieb, wie häufig er an mich denke und wie gern er mich kennenlernen würde, und ob ich nicht Lust habe, ihn im Land von Tausendundeiner Nacht zu besuchen, er werde mich auch vom Flughafen abholen – nur das Geld für den Flug hatte mein selbst ernannter Märchenvater vergessen. Wie oft ich seinen Brief gelesen habe, daran erinnere ich mich nicht mehr, nur dass ich kein einziges Wort des Bedauerns darin fand. Als mir endlich klar wurde, was er eigentlich von mir wollte, nicht mehr und nicht weniger als meine Vergebung, warf ich den Wisch ins Klo, pinkelte die Tinte blass und spülte die letzte Erinnerung an meinen Erzeuger in die Kanalisation.

Was er Mama bedeutete, weiß ich nicht. Aber offenbar hat sie nicht lang um ihn getrauert. Wenige Monate nach meiner Geburt meldete sie sich jedenfalls wieder in ihrer Schule an, um das Abi nachzuholen, was ihr mit Omas Unterstützung schließlich auch gelang. Danach begann sie sogar ein Studium, keine Ahnung, irgendetwas mit *Sozial* am Anfang, das sie im vierten Semester aber wieder abbrach, weil Enja unterwegs war.

Diese Schwangerschaft sei *kein Unfall* gewesen, sondern *durchaus gewollt*, wie Mama des Öfteren versichert. Warum betont sie, was eigentlich selbstverständlich sein sollte? Dass sie damit erst Enjas Argwohn weckt, kapiert sie nicht.

Solang ich denken kann, war Mama keine zwei zusammenhängenden Wochen Single. Mit ihren langen blonden Haaren, ihren blauen Augen, ihrer Stupsnase und ihrer mädchenhaften Figur entspricht sie dem Beuteschema der meisten Männer. Eine Zeit lang fläzte sich alle paar Monate ein anderer Typ neben ihr aufs Sofa. Loser, Cheater, Poser und andere parasitäre Nebenexistenzen. Typen in Jeans, Typen in Leder, Typen in Anzug und Vertreterschal. Arbeitskollegen, Discoflirts, Internetbekanntschaften, Nachbarn, einmal sogar ein pickeliger Referendar aus Innos Schule.

Wie in den miesesten Soaps läuft die Story immer nach demselben Drehbuch ab. Anfangs wird die schüchterne Schöne umschwärmt, die Verehrer reißen sich ein Bein aus, bringen Blumen, Wein oder Pralinen mit, kleistern Mama mit peinlichen Komplimenten zu und tun so, als könnten sie sich nichts Schöneres vorstellen, als den Kindern einer alleinerziehenden Mutter ein treu sorgender Papa zu sein. Ich könnte schreien, wenn ich sehe, wie Mama wieder und wieder auf ihr hirnloses Geschwafel hereinfällt! Offenbar ist sie süchtig, anders kann ich mir das nicht erklären. Süchtig nach Anerkennung. Süchtig nach dem, was sie Liebe nennt. Süchtig nach …?

Die meisten Typen verschwinden, sobald sie sie rumgekriegt haben. Schlimmer sind die, die bleiben. Loser, die die Beine hochlegen, Cheater, die sich bei Mama ausheulen, Hilfsjobber, die sich aufspielen wie Dagobert Duck. Wegen einiger dieser Wichser mussten wir sogar umziehen. Doch egal wo wir sind, der letzte Akt ist immer derselbe: Mama heult, Enja kotzt, Inno gräbt sich ein – und ich spiele die Supernanny. Die meisten schleichen sich ohne Abschied davon. Falls sie etwas zurücklassen, dann bloß ein weiteres Baby.

Vier Kinder, vier Väter – kein Wunder, dass wir alle auf unserem eigenen Planeten leben! Trotzdem käme ich nie auf die

Idee, meine Geschwister Halbbruder oder Halbschwester zu nennen, wie das die Leute vom Jugend- oder Sozialamt tun, denn halb sind ja nicht wir, sondern unsere Eltern.

Der gewünschte Gesprächspartner ist vorübergehend nicht zu erreichen.

The person you have called is temporarily not available.

Hätte ich Mama umstimmen können?

Für ihre Behauptung, dass Jesus mit dreiunddreißig gestorben sei, gibt es noch nicht einmal einen Beweis! Ich habe gegoogelt: Dreiunddreißig ist bloß eine Zahl, die von Menschen verklärt wird. Nur deswegen ist Jesus dreiunddreißig geworden und hat dreiunddreißig Wunder gewirkt und ist Kind eines Vaters, der mit dreiunddreißig eine jungfräuliche Braut geheiratet hat … Wer lang genug sucht, den springt die *magische Zahl* geradezu an: dreiunddreißig Wirbel hat der Mensch, dreiunddreißigmal pro Minute dreht sich das Vinyl, dreiunddreißig ist die Vorwahl von Frankreich, dreiunddreißig Fragen hat der deutsche Einbürgerungstest … Aber was will uns das sagen? Was hat das mit dem Leben zu tun? Warum vertraut Mama Zahlen?

Ich zuckte zusammen, als in der Wand hinter mir ein Rohr rülpste, was immer geschieht, wenn in der Wohnung unter uns einer die Klospülung betätigt.

Ich kann einfach nicht mehr.

Einfach ist harmlos, ist lösbar, ist endgültig.

War ich schuld an dem überzähligen Wort?

Ein Gedanke flog mich an. Möglich, dass Mama Tabletten genommen hatte. Wenn, dann handelte es sich um einen Notfall. Wie war die Nummer noch? 110 oder 112?

Doch noch während ich die ersten beiden Einsen eintippte, schrillte eine Alarmglocke durch mein Hirn. Vier Buchstaben blinkten auf. *Heim*. Ein doppelbödiges Wort, das vor meinen Augen flirrte.

Ich hatte den Gedanken noch nicht zu Ende gedacht, als ich neben mir plötzlich einen Schatten wahrnahm. Im selben Moment stieß jemand sein Schwert in meine Rippen. Ich jaulte auf vor Schmerz.

»Raus hier! Dir werd' ich's zeigen, du Lump!«

Als ich aufsah, beugte sich Opa über mich und schwang seinen Stock. Ich duckte mich gerade noch rechtzeitig, bevor mir sein Schlag den Schädel wegsprengen konnte.

»Spinnst du?!«, brüllte ich und knipste das Licht an. »Ich bin's doch, Sylvester!«

Er wich einen Schritt zurück, drohte mir jedoch weiter mit seiner Krücke. Seine Schlafanzugjacke stand offen, die graue Tolle, die sonst seine Halbglatze verdeckt, flatterte vor seinen Augen.

»Sil… Sil… Silvester! Hältst du mich für bekloppt?«, wütete er, während Spucke aus seinem Mund tropfte. Mit einem Mal ging ein Ruck durch seinen dürren Leib. Geistesgegenwärtig hechtete ich zur Seite, sodass sein erneuter Stockhieb nicht mich, sondern Mamas geheiligtes Lexikon traf.

»Ooopa!«

Ich sah auf. Im fahlen Licht der Autobahnlaternen wirkte Enjas Silhouette wie der Astralkörper eines scheintoten Aliens. Der schauerliche Anblick setzte Opa wohl so zu, dass seine Angriffswut im Nu erstarb.

»Aber ich …«, stammelte er und ließ seinen Stock fallen wie ein glühendes Eisen.

»Was soll die Scheiße?«, fauchte Enja. »Spielt ihr Krieg oder was?«

Hinter ihr tauchte Inno auf. »Wer spielt Krieg?«, fragte er und rieb sich die Augen.

Bevor einer antworten konnte, tat es einen dumpfen Schlag, dem ein markzersetzender Schrei folgte. Enja stürzte hinaus, ich hinterher. Flo wälzte sich über den Boden. Offensichtlich war er aus seinem Hochbett geklettert und hatte die letzte Sprosse verfehlt.

Enja hob ihn hoch und drückte ihn an sich.

»Mein Kopf!«, brüllte Flo. »Aua, aua! Maama! Ich will zu Mama! Wo ist meine Mama?!«

Mein Stichwort …

»Ich muss dir was sagen«, flüsterte ich Enja ins Ohr.

»Was denn?«, blaffte sie. »Hast du ein schlechtes Gewissen?«

»Komm einfach mit«, sagte ich. Offenbar hatte noch niemand bemerkt, dass Mama fort war.

Inno saß neben Opa auf dem Sofa und redete beruhigend auf ihn ein.

Ich wusste nicht so genau, wie ich es anstellen sollte, war doch das, was ich zu verkünden hatte, eigentlich nur für die Hälfte der acht Ohren bestimmt.

»Also …«, begann ich, nach unverfänglichen Worten suchend, »Mama ist … ver-reist.«

»Spinnst du?«

»Ha, ha …«

Ausgerechnet die, auf deren rasche Auffassungsgabe ich gesetzt hatte, stellten sich dumm, während die beiden anderen wohl zu sehr mit sich selbst beschäftigt waren, um den Sinn meiner Worte zu begreifen.

»Verreist«, wiederholte ich eindringlich und suchte Enjas und Innos Blick, »versteht ihr nicht, Mama ist …«

»Mama!«, heulte Flo. »Maamaa! Maaamaa!«

Enja hielt sich die Ohren zu.

Inno glotzte mich an. »Wo ist sie? Mama … ist sie …?« Sein Blick pendelte zwischen mir und dem Sofa, auf dem Mama sonst lag.

Flüsternd forderte ich die beiden auf, mir ins Bad zu folgen. Enja entdeckte Mamas Nachricht als Erste. Im Spiegel sah ich, wie sie sich auf die Lippe biss.

»Sie hat es getan«, sagte Inno tonlos. »Ist doch so, Sly, sie hat es getan, hab ich recht?«

Ich nahm ihn in den Arm. Ein Schauer jagte durch seinen Körper. Ich wusste nichts zu sagen. Enja schluchzte und rannte hinaus. Im Flur kam uns Opa entgegen. Sein Habichtkopf ruckelte hin und her. »Ich hab Hunger«, schnarrte er. »Wann gibt's denn Frühstück?«

»Nein, sie ist nicht tot«, flüsterte ich Inno ins Ohr, »das würde sie nicht tun, sie ist nur mal kurz weg, ich weiß doch auch nicht, wohin, aber sie kommt bestimmt bald wieder.«

Ob er meinen Worten glaubte, weiß ich nicht, ebenso wenig, ob er sie in seinem Zustand überhaupt wahrnahm; wenn ich ehrlich bin, weiß ich nicht einmal, ob ich meine Beteuerungen hörbar oder nur im Geiste herunterbetete, im Grunde sollten sie nämlich gar nicht meinen Bruder, sondern vor allem mich selbst beruhigen.

4

Der gewünschte Gesprächspartner ist vorübergehend nicht zu erreichen.

The person you have called …

Ich stand am Fenster und sah dem Schnee zu, der in weißen Büscheln vom Himmel schwebte. Manche Flocken fielen schneller, ich beobachtete, wie sie andere einholten, mit ihnen kollidierten und verschmolzen, wie ging das? Im wirbelnden Schnee sah ich mich plötzlich selbst. Mein bleiches Gesicht, die raspelkurzen, schwarzen Haare, meine Augen zwei tiefe Schatten, darüber die dichten, dunklen Brauen, meine spitze Nase und der halb geöffnete Mund – eine geisterhafte Erscheinung, fern und fremd.

Flo und Opa schliefen. Enja hatte ihre geheimen Schokoladen-Depots geplündert, um sich selbst in die Lage zu versetzen, Flo in den Schlaf zu singen. Mir war es gelungen, trotz schwindender Vorräte Opas Hunger zu stillen.

»Was meint ihr?«, fragte ich, ohne mich umzuwenden.

»Wir müssen zur Polizei«, erwiderte Enja.

»Keine gute Idee.« Ich erklärte den beiden, was den Bullen wohl als Erstes einfiele.

»*Heim*?«

Als mich Innos entsetzter Blick im spiegelnden Fensterglas traf, hätte ich meinen Kopf am liebsten gegen die Scheibe gerammt. Schmerz gegen Schmerz und die Kälte, um ihn zu betäuben. Ich nahm mich zusammen.

»Wir schaffen das«, flüsterte ich, »vertrau mir!«

Ich hasse Politiker, die mit Ernstgucker-Miene Versprechungen in die Kamera blasen, die sie im Leben nicht einhalten. Jetzt hörte ich mich selbst so an.

»Aber wie denn?«

»Das Wichtigste ist, dass wir zusammenhalten«, beschwor ich den Schnee, »und dass keiner von uns irgendjemandem von Mamas Verschwinden erzählt.«

Dieses Risiko zumindest schätzte ich nicht allzu groß ein. Denn weder Inno noch Enja haben echte Freunde. Inno hängt manchmal mit einem Typen ab, der fast doppelt so alt ist wie er und ebenso düster daherkommt. Enja pflegt nur virtuelle Bekanntschaften, ihr Avatar hat eine beste Freundin, sie selbst nicht.

»Aber was machen wir jetzt?«

Innos Verzweiflung und sein unerschütterlicher Glaube an die Weisheit seines älteren Bruders zwangen mich, aus dem Stegreif einen Plan zu entwickeln, mit dem wir zumindest diesen Tag ohne Chaos und Tränen überstanden.

»Setzen wir uns doch«, sagte ich, um Zeit zu gewinnen. Ich ließ mich in Mamas Ohrensessel fallen. Es war eine demonstrative Geste, die Mama, sollte sie von irgendwoher zusehen, zeigen sollte, dass *ich* nun das Familienoberhaupt war, eine Rolle, die sie mir zwar schon oft zugewiesen hatte, aber nur als ihrem Stellvertreter, immer dann, wenn sie ihre Kraft in den *dunklen Tagen* schwinden sah. Jetzt war ich es wirklich.

»Also …«

Inno und Enja sahen mich gespannt an.

»… zunächst einmal brauchen wir Geld.«

Erst als ich den Satz aussprach, wurde mir seine Tragweite bewusst. Wie um alles in der Welt sollten wir an Geld herankommen? Mama war es doch, die unsere letzten Reserven verwaltete. Ohne Geld kein Einkauf! Ich schielte auf meine Uhr. Der kleine Zeiger touchierte die Sieben. Wir hatten kaum mehr als sieben Stunden Zeit. Danach waren die Geschäfte drei Tage geschlossen, denn auf Weihnachten folgte Sonntag, ausgerechnet. Manche Familien legen Proviantvorräte für schlechte Zeiten an. Doch da die Zeiten bei uns überwiegend schlecht sind, hatte unsere Vorratsschublade außer Kaffee, Kakao, Ketchup, Honig und Marmelade noch eine angebrochene Packung Toast, eine Packung Nudeln, Reste von Milchreis und Müsli sowie ein Häufchen Haferflocken zu bieten. Im Kühlschrank gab es etwas Wurst und Käse, Milch, ein Ei und einen angebrochenen Becher Joghurt.

»Mamas Handtasche …«

Wie auf Kommando sprangen wir auf und machten uns daran, die Wohnung zu durchsuchen. Mama hat kein eigenes Zimmer, deshalb waren wir schnell fertig. Der Schrank im Flur, in dem ihre Kleider hängen, die Kommode mit den Familienunterlagen, die Garderobe und das Bad. Offenbar hatte Mama alles mitgenommen – ihre Handtasche, ihr Handy und ihre Geldbörse.

»Und jetzt?«

Mit Tränen in den Augen blickte mein kleiner Bruder zu mir, seinem Orakel, hoch.

Ich wuschelte ihm durchs Haar. »Mann, freu dich lieber!«

»Ich schrei gleich!«, ätzte Enja.

Also erklärte ich es ihnen:

Einer, der sich etwas antun will, lässt alles zurück. Eine wie Mama sowieso. Geld, das sie nicht braucht, gibt sie uns. Vor zwei Tagen hatte sie noch gut fünfzig Euro in ihrem Portemonnaie gehabt, ich wusste das, weil sie mich damit zum Supermarkt geschickt hatte. Sie musste darauf gespart haben, wahrscheinlich um Weihnachten nicht leer dazustehen. Fünfzig Euro sind viel Geld, zu viel, um es mit ins Jenseits zu nehmen. Und wozu braucht man ein Handy, wenn man mit allem abgeschlossen hat?

»Sieht ganz so aus, als ob sie schon bald wiederkommt«, schloss ich meine Betrachtungen.

»Und wenn nicht?«

»Wie viel Geld habt *ihr* denn?«

Ich hasste mich für diese Frage, umso mehr, da ich selbst meine letzten Cents erst vor wenigen Stunden in ein Bier investiert hatte, das nun den Schnee gelb färbte.

»Moment!«

Inno flitzte in unser Zimmer und kehrte mit seinem Sparschwein zurück, einem halb nackten, finster dreinblickenden Gartenzwerg, der zwischen seinen fetten Backen einen Schlitz hat, in den Inno hineinstopft, was er fürs Flaschensammeln kassiert. Es dauerte eine Weile, bis er die Münzen auf demselben Wege wieder herausgefummelt hatte, aber das Ergebnis ließ sich sehen – dreizehn Euro fünfundfünfzig. Ich nahm mir vor, bei meinem Bruder in die Lehre zu gehen, bevor ich Fiona das nächste Mal traf.

Enja hatte im Internet ein Pfannenset verhökert, das sie in einem Preisausschreiben gewonnen hatte, und davon immerhin noch acht Euro dreißig übrig.

»Und du?«

»Ich?«

»Ja, was ist mit dir?«

Die erbarmungslosen Blicke meiner Geschwister duldeten keine Ausflüchte. »Tut mir leid«, raunte ich, »aber ich werde uns Geld besorgen, versprochen.«

Inno gähnte. Enja fror. Ich schickte die beiden für ein paar Stunden ins Bett und versprach, einen Plan zu entwickeln für den unwahrscheinlichen Fall, dass Mama im Laufe des Tages nicht wieder auftauchen würde. Das war wohl das Mindeste, was ich tun konnte, schließlich ließ sich mein eigener Beitrag zur Lösung unseres Problems noch nicht einmal *bescheiden* nennen, es gab ihn gar nicht, aber ich war zuversichtlich, dass mir irgendetwas einfallen würde …

5

Kaum dass ich mich hingelegt und die Augen geschlossen hatte, begann das Karussell in meinem Kopf wieder zu kreisen. Schneller und schneller. Meine Gedanken verwischten. Ich jagte ihnen nach, konnte aber keinen festhalten. Abrupt stoppte der Kreisel. Ein Bild blitzte auf. Ein Stich ins Herz.

Mama lehnt am offenen Fenster und ringt nach Luft, während ihre Tränen Schlieren über ihre blutverschmierten Wangen ziehen.

Ich riss die Augen auf. Blies die Erinnerung fort. Lauschte auf Innos Pfeifen. Konzentrierte mich auf den erwachenden Tag. Dachte an Fiona. Malte mir ihr Lächeln aus. Versuchte mir vorzustellen, was Mama gerade tat. Stand auf. Stellte mich ans Fenster. Lief durch die Wohnung. Legte mich wieder hin. Schloss die Augen …

… als mich jäh der nächste Stich traf.

Ein weiteres Bild:

Inno, der sich in sein Kissen wühlt, um Mamas Schreie nicht mehr hören zu müssen und um sein eigenes Schluchzen zu ersticken, voller Angst, er könnte der Nächste sein …

Ich sprang auf. Mein Herz raste. Die Erinnerung spülte alles andere fort. Ich sollte sie aushalten. Meine Schuld …

Wie eisiger Schnee rieselten die Bilder herab. Betäubten mich. Lähmten mich. So muss es sich anfühlen, wenn man innerlich erfriert, ohne sich von der Stelle rühren zu können.

Es war fast ein Jahr her, dass ich Flos Erzeuger die Nase zertrümmert hatte, doch es kam mir vor wie in einem anderen Leben. Die Wochen danach hatte ich mir eingeredet, dass Mama seinen Abgang wie wir als Befreiung erleben müsste, aber was wusste ich schon? Sie redete weder über sich noch über ihn, überhaupt sprach sie wenig, die meiste Zeit über schwieg sie und ließ dadurch offen, wer in dieser Nacht gestorben war, er oder sie.

Alex ist ein Schläger. Ein Zonk. Ein Wannabe. Ich weiß nicht, was Mama von ihm wollte, von uns jedenfalls hat ihn keiner gemocht.

Der Tag, an dem sie ihn das erste Mal mitbrachte, hat sich in mein Gedächtnis gebrannt. Ein Sonntag vor vier Jahren, damals war sie schon schwanger, aber das erfuhren wir erst später. Mamas dreißigster Geburtstag stand vor der Tür, eine *Katastrophe*, möglicherweise der Grund dafür, dass sie sich mit einem sechs Jahre jüngeren Typen einließ, den sie kaum kannte, ein Großmaul, der gerade einmal zwölf Jahre älter als ihr eigener Sohn war, doch davon wollte sie nichts hören.

Ich sehe ihn ins Wohnzimmer kommen. Wir sitzen am Tisch und warten aufs Essen. Der Gast hat Verspätung. Ein Stau, sagt er und lacht. Später wird Mama dahinterkommen, dass Alex gar kein Auto besitzt. Weil Alex im Suff ein Mädchen angefahren hat und seinen Lappen abgeben musste. Aber da ist es schon zu spät. Da hat sich die Zecke schon bei uns eingenistet.

Sein Blick, als er sich ans Ende des Tisches setzt: *Hier bin ich und bleibe! Und wehe, einer von euch Scheißern kommt mir in die Quere!* Ich konnte es in seinen Augen lesen. Warum hat Mama nichts gemerkt?

Sie nahm ihn noch in Schutz, als er sie grün und blau schlug. Keine Ausrede war ihr zu blöd. Mal war sie die Treppe runtergefallen, ein anderes Mal vom Rad gestürzt, einmal wollte sie uns sogar weismachen, dass ihr beim Öffnen des Schranks eine Tasse auf den Kopf gefallen sei – ihr Lachen dabei klang hysterisch, daran erinnere ich mich noch.

Später, als Alex auch in unserer Gegenwart immer öfter zuschlug, verteidigte sie ihn damit, dass sie ja selbst schuld sei, sie habe ihn schließlich provoziert, aber inzwischen habe er ihr verziehen, alles sei wieder gut. Dann senkte sie ihre Stimme und zog uns ins Vertrauen: Mit Alex müsse man *nachsichtig* sein, er leide *wie ein Tier*, Hartz IV setze ihm *ungemein* zu, schließlich halte das niemand lange aus, was sei denn das auch für ein Leben für einen wie Alex, der *voller Elan* sei, *unbedingt* arbeiten wolle, aber *partout* keinen Job finde.

Er hatte *ihr* verziehen!

Einer wie Alex!

Arbeiten wollte der ganz gewiss nicht, *unbedingt* zu Hause bleiben schon. Wo er sich dann tatsächlich *wie ein Tier* aufführte, *voller Elan* drauflosprügelte und *partout* keine Gnade kannte.

Einer wie Alex …

Ich habe ihn gehasst, aber auch Mamas Verständnis! Heute weiß ich, dass sie dahinter bloß ihre eigene Schwäche verbarg, aber ändert das was? Was interessiert mich denn, dass einer, der Kinder und Frauen schlägt, als Kind selbst geprügelt worden ist? Wäscht ihn das rein? Immerzu hat ihn Mama in Schutz genommen und seine Prügelorgien gerechtfertigt. Warum? Weshalb bezieht sie nie Stellung?

Warum versucht sie alles und jeden zu entschuldigen? Vor einer eigenen Meinung drückt sie sich – wenn ich sie danach frage, höre ich bloß *Ich weiß nicht* oder *Meinst du nicht* oder *Ja, aber* … Krank macht mich das! Wieso wehrt sie sich nicht? Wieso lässt sie sich alles gefallen?

Jahrelang hat uns Alex das Leben zur Hölle gemacht. Jahre, in denen wir Mama immer wieder angefleht haben, endlich Schluss zu machen, den Loser in die Wüste zu jagen, allein kämen wir doch viel besser zurecht, wir würden auch alle mit anpacken. Vergeblich. Selbst als ihm immer häufiger auch bei einem von uns *die Hand ausrutschte*, hielt sie still. Weshalb? Warum hat sie uns nicht beschützt? Hat sie ihn so sehr geliebt? Oder fürchtete sie, er könne ihr oder uns noch Schlimmeres antun? Hatte sie Angst? Hat sie sich vor der Einsamkeit gefürchtet? Oder besaß sie einfach keine Kraft mehr, um ein weiteres Mal wegzugehen?

Wegen Alex sind wir in die Papageiensiedlung gezogen. Nach Unterliederbach. In die *Engelsruhe*! Anfangs dachte ich, das sei ein Witz, *Engelsruhe*, ausgerechnet, der ideale Name für ein Quartier, das direkt an der Autobahn liegt!

Als Mama Alex kennenlernte, haben wir noch im Heisenrath gewohnt, dem Schwanheimer Ghetto, wo wir wenigstens genug Platz hatten und gleich nebenan den Party-Bunker, hier gibt es nichts außer Beton. Alex ist in Schwanheim aufgewachsen, er wollte unbedingt weg, Heisenrath sei eine Sackgasse, schwafelte er, das stimmt, aber jede Sackgasse hat einen Ausgang. Mama brauchte er nicht lang zu bitten, sie hätte alles für ihn getan. Also packten wir unser Leben wieder in Kisten und zogen weiter.

Jetzt wohnen wir also hier. Am Cheruskerweg. Inmitten einer Festung, die sich seit Jahrzehnten gegen den Lärm der Großstadt stemmt. Unglaublich, aber wahr: Die so putzige Papageiensiedlung, deren einst bunter Putz von den Fassaden bröckelt, ist tatsächlich eine Lärmschutzwand, der erste bewohnte Schallschutzriegel Europas! Wer kommt auf eine solche Idee? Wollte man damit die *Engelsruhe* aufwerten? Oder seine Bewohner hinters Licht führen? Ich weiß es nicht. Nur dass freiwillig keiner hierherzieht. Allenfalls kriecht man hier unter oder versteckt sich für eine Weile oder man wird hier geboren. Wer hier landet, kommt nicht mehr von hier weg. Es sei denn, er wird fortgetragen – Innos Spielplatz, der Friedhof, ist nur einen Steinwurf entfernt.

Am Ende haben sie auch Alex fortgetragen …

An jenem Abend waren wir von einem Wochenende bei Oma und Opa heimgekehrt. Unsere Zufluchtsstätte, wenn Alex mal wieder *wie ein Tier litt*. Ich habe diese Wochenenden geliebt, auch wenn wir zu fünft in einem Zimmer übernachten mussten oder gerade deshalb, wir waren zusammen, das war das Wichtigste.

Als wir zurückkamen, schlief Alex gerade seinen Rausch aus. Überall standen leere Flaschen herum, eine war umgekippt, daran erinnere ich mich noch, und dass es nach Kotze stank. Mama schickte uns gleich ins Bett und flehte uns an, leise zu sein – sie glaubte tatsächlich, sie könne Alex milde stimmen und sich womöglich mit ihm versöhnen.

Wir taten ihr den Gefallen. Wir gingen ins Bett, aber keiner von uns schlief. Mama räumte auf und machte sauber. Ich hörte sie nicht, aber ich spürte sie – ebenso wie ich das Unheil spürte, das in der Luft lag und das sich entlud, als Flo zu weinen begann.

Mit einem Mal ging alles sehr schnell. Alex schrie los. Mama versuchte Flo zu beruhigen. Alex tobte. Er drohte, *den Balg* aus dem Fenster zu werfen, wenn nicht sofort Ruhe wäre. Mama weinte. Flo kreischte. Alex brüllte. Mama flüchtete mit Flo aus dem Wohnzimmer, drückte Enja das schreiende Kind in den Arm und befahl ihr, die Tür abzuschließen. Da rastete Alex völlig aus. Er schrie, wütete, trat gegen die Tür, warf sich dagegen. Ich hörte Enja schreien, ich hörte Flo weinen. Mama flehte Alex an, sich zu beruhigen, da schlug er zu. Mama stöhnte. Inno schluchzte ins Kissen. Alex trat weiter gegen die Tür …

Plötzlich stand die Zeit still.

Ich sehe Mama am Boden liegen. Sehe Alex, der sich gegen Enjas Tür wirft. Höre Enjas verzweifeltes »Nein, aufhören, nein!«. Alex wirbelt herum. Blitzt mich an. Höhnisch. Dann erkennt er etwas in meinem Blick, meiner Haltung, stutzt, weicht zurück. Ich schlage zu. Treffe seine Nase. Er wankt. Hebt seine Faust. Ich treffe ihn ein zweites Mal auf die Nase. Ich höre es krachen. Schlage noch einmal drauf. Zertrümmere sie. Wie er Mamas Leben zertrümmert hat. Er fällt. Ich trete zu. Immer wieder. Bis sich plötzlich jemand an mein Bein klammert und ich Mamas flehende Stimme höre – *nicht, Sylvester, hör auf, ich bitte dich, hör doch auf, du bringst ihn um …*

Erst in diesem Moment kam ich zur Besinnung. Ich erinnere mich an die schlagartige Stille. Mama hielt mich noch immer fest, Alex krümmte sich unter mir wie ein Embryo. Als ich seine Beine nahm, schrie er erschrocken auf. Ich schleifte ihn wie einen Sack durch den langen Flur, öffnete die Wohnungstür und legte ihn im Treppenhaus ab. Als ich mich bückte, hielt er schützend die Arme vor sein Gesicht. Ich ließ ihn liegen. Plötzlich stand Mama in der Tür. Sie sah so klein und hilflos aus. Ich nahm sie in den Arm und drückte die Tür hinter uns zu.

Rückblickend scheint mir, als ob sie sich von diesem Tag an noch weiter in ihr Schneckenhaus zurückzog. Oder irre ich mich? Äußerlich ließ sie sich nichts anmerken. Sie stand morgens auf, weckte uns, machte uns das Frühstück, brachte Flo in die Kita, ging ins Büro, arbeitete bis zum Nachmittag, holte Flo wieder ab, kam heim, erledigte den Haushalt und legte sich nach dem Abendessen ins Bett, wo sie sofort einschlief oder zumindest so tat als ob. Sie redete wenig und bat mich nur noch selten um Rat. Geprügelte Hunde trauen sich ans Licht, sobald die Gefahr vorüber ist. Mama dagegen blieb, wo sie war, und schien die Ritzen, durch die etwas Licht in ihr Leben sickerte, sogar noch zu verstopfen.

Als Oma starb, brach sie vollends zusammen.

Wäre Opa nicht gewesen – wer weiß, was aus ihr und aus uns geworden wäre. Zu unser aller Überraschung erholte sie sich rasch und verkündete mit großer Entschlossenheit, Opa zu uns zu holen. Seine Nähe tat ihr gut. Vielleicht erinnerte er sie ja an früher, daran, wie es gewesen war, als sie selbst noch ein Kind war.

Der gewünschte Gesprächspartner ist vorübergehend nicht zu erreichen.

The person you have called is temporarily not available.

Alex hat sich nie wieder blicken lassen.

Die Zwillinge aus dem dritten Stock haben ihn am Abend noch vor dem Hauseingang liegen sehen und beobachtet, wie ihn zwei Sanitäter wegtrugen. Das war's.

Verraten hat er mich nicht. Ich nehme an, dass er sich schämte. Wenn seine Freunde erfahren hätten, dass er sich von einem Fünfzehnjährigen verprügeln ließ, hätte er gleich vom Dach springen können. Besser, er schweigt. Besser, er taucht nie wieder hier auf.

Ich habe getan, was nötig war. Aber ich bin kein Held, noch nicht mal ein Held für eine Nacht. Da kann Inno sagen, was er will. Helden sind mutig. Mut aber bedeutet die Überwindung von Angst. Ich habe es Inno erklärt. Ich muss mich nicht überwinden. Ich kenne keine Angst. Das ist kein Verdienst. Ich bin ohne Angst-Gen auf die Welt gekommen. So einfach ist das.

6

»Und wenn sie bei Alex ist?«

Wir saßen bei einem späten Frühstück. Es war der Vormittag an Heiligabend. Opa mümmelte an seinem Brot. Enja und ich entwarfen verschlüsselte Pläne, wann wir wo nach Mama suchen könnten, während Flo an seinem Marmeladentoast leckte.

Inno hatte die ganze Zeit still daneben gesessen, jetzt sah er mich erwartungsvoll an.

Mama hat ihre Gene in unterschiedlichen Portionen an uns weitergegeben und Inno mit dem Intelligenz-Gen am großzügigsten bedacht. Was erklärt, warum nicht mir, sondern meinem kleinen Bruder dieser Geistesblitz kam.

»Kauf dir 'n Keks«, zischte Enja.

»Kaffee!«, bellte Opa.

Als ich aufsprang, verdrehte Enja die Augen. »Ist Sly dein Butler?«, schnauzte sie Opa an. »Hol ihn dir gefälligst selbst!«

Opa reagierte nicht. Gerade biss er in sein Leberwurstbrot und malmte den Happen genüsslich zu Brei.

Enjas Protest ignorierend holte ich die Kaffeekanne aus der Küche und goss Opa ein. Verwundert sah er auf. »Wo ist Rosie?«, fragte er und blickte sich um.

Enja brodelte.

»Alles gut«, beruhigte ich beide. »Rosie hat ein paar Tage frei, so lange übernehme ich ihre Schicht.«

Das Telefon klingelte.

Innos Stuhl kippte um, als er aufsprang und zum Sideboard hechtete. »Mama?« Er lauschte einige Sekunden in den Hörer und ließ ihn enttäuscht sinken. »Für dich«, wisperte er und drückte mir das Telefon in die Hand.

»Sylvester?«

Nur wenigen Menschen erlaube ich, mich bei meinem Schauspieler-Namen zu nennen. Frau Stern ist eine von ihnen. Ihre Stimme erinnert mich an Karamellschokolade und Chilischoten. Sie wohnt zwei Hausnummern weiter. Ich erledige die Einkäufe für sie.

»Hab Sie nicht vergessen«, log ich. »Ich wollte gerade los.«

»Lass dir ruhig Zeit«, erwiderte Frau Stern. »Hast du was zu schreiben?«

Ich nahm das Telefon mit in mein Zimmer und notierte mir ihre Wünsche. Eine Packung Gauloises Blondes, eine Flasche Rioja, Kasseler Kotelett und Brokkoli. Ich wollte schon auflegen, als mir einfiel, dass wir knapp bei Kasse waren. Normalerweise lege ich das Geld für sie aus. Frau Stern braucht nicht viel, ihre Einkäufe kosten selten mehr als zwanzig Euro. Ich gebe ihr die Rechnung und sie rundet den Betrag großzügig auf. Diesmal hatten wir selbst aber nur knapp zweiundzwanzig Euro, da blieb für Frau Stern nichts übrig.

»Kein Problem«, unterbrach sie meine Ausführungen, »kommst du einfach vorher vorbei und holst dir das Geld ab.«

Als ich zurückkehrte, saßen Inno und Opa allein am Tisch. Opa nippte an seinem Kaffee, während Inno ihm aus seinem Lieblingsbuch vorlas. Bevor Opa seltsam wurde, hat er sich als Hobbyschriftsteller versucht. Herausgekommen ist eine Art Roman – Kindheitserinnerung, Krimi, Liebesschnulze, Bergdoktorkitsch und Agententhriller in einem. Opa gefällt's. Immer noch und immer wieder.

»Setz dich und hör zu«, empfahl er mir mit vollem Mund, »von dem kannst du eine Menge lernen.«

Ich setzte mich nicht. Stattdessen folgte ich der Geruchsspur zu Enjas Zimmer. Wie erwartet traf ich sie beim Wickeln an. Flo ist zwar schon drei, will auf seine Windeln aber unter keinen Umständen verzichten. Mama sieht es ihm großherzig nach. Flo in irgendeiner Weise zu bedrängen, käme ihr nicht in den Sinn. Das würde ihn nur noch *zusätzlich traumatisieren*. An unser Trauma denkt sie nicht.

»Frau Stern«, erklärte ich und bat Enja, bis zu meiner Rückkehr die Stellung zu halten.

Als ich vor die Tür trat, schneite es wieder. Ich fragte mich, ob es zwischendurch überhaupt einmal aufgehört hatte. Dichte Wolken verdunkelten den Himmel. Über dem Flughafen stahlen sich gelbe Lichter ins bleierne Grau. Der Wind hatte sich gelegt. Die Schneeflocken schwebten nahezu senkrecht herab.

Ich stiefelte los. Etwas war anders. Das Knirschen meiner Schritte im Schnee war das einzige Geräusch weit und breit. Ich hielt inne. Kein Rauschen. Tiefe, abgründige Stille. Offenbar war der Verkehr auf der Autobahn zum Erliegen gekommen. Hatte die Natur ihren Wettstreit mit den Menschen endgültig gewonnen?

Frau Stern wohnt zwei Häuser weiter im selben Block. Als ich bei ihr klingelte, sah ich zurück. Meine Schneefährte erinnerte mich an Agi und dass ich ihn in der Nacht nicht mehr gesehen hatte. Ich nahm mir vor, mich so schnell wie möglich bei ihm zu melden.

Sie erwartete mich an der Tür. Sie hob den Fuß, ich drückte mit meiner Hand ihre Ferse. Anfangs ist mir das schwergefallen. Aber wie begrüßt man sonst jemanden, der keine Arme hat?

Bärbel Stern ist eine »Conti«, wie sie selbst sagt, geschädigt durch ein Schlafmittel namens Contergan, das ihre Mutter nahm, als sie schwanger war, *geschädigt*, sagt Bärbel, weil sie das *Opfer*-Wort hasst, Opfer seien wehrlos, sie nicht. Wo andere Arme haben, hat sie bloß Finger. Finger, mit denen sie weder greifen noch Dinge festhalten kann. Ihre wahren Hände sind daher die Füße. Unglaublich, was sie damit anstellen kann. Rauchen, trinken und sich die Nase putzen, manchmal kratzt sie sich mit ihrem Zeh sogar hinter dem Ohr.

»Kannst mich übrigens Bärbel nennen«, begrüßte sie mich, »ist schließlich Weihnachten. Kaffee?«

Ich folgte ihr in die Küche. Sie deutete mit dem Kopf aufs Fensterbrett, wo eine lila Sau ihre sieben lila Ferkel säugte.

»Hübsch hässlich«, sagte ich und grinste, »ein Geschenk?«

»Wer sollte mir was schenken?«

Bärbel Stern liebt Schweine. In allen Farben und Größen. Sie hausen in ihrer Küche, im Wohnraum, im Schlafzimmer und auf dem Klo. Schweine aus Stein, Glas, Holz, Plüsch oder Plastik. Schweine seien nützliche Tiere und dem Menschen sehr ähnlich, behauptet Bärbel Stern und redet oft davon, irgendwann einmal das erste Schweine-Museum Frankfurts zu eröffnen.

Der Kaffee lief schon durch. Bärbel Stern nickte zur Spüle hin, wo ein angebrochenes Päckchen Gauloises lag. »Bedien dich«, sagte sie. »Hast du Streichhölzer?«

Sie setzte sich und sah mir zu, wie ich mir eine Zigarette anzündete. Ich bot ihr auch eine an. Sie klemmte sie zwischen ihre Zehen und ließ sich von mir Feuer geben. Als der Kaffee durch war, goss ich uns beiden eine Tasse ein. Kein Kaffee schmeckt besser als der von Frau Stern. Das sagte ich ihr.

»Wer arm ist, sollte nicht ärmlich sein«, antwortete sie. »Guter Geschmack ist keine Frage des Geldes.«

Wir rauchten, tranken Kaffee und unterhielten uns über den Schnee. Als wir fertig waren, stellte ich die Tassen in die Spülmaschine. Bärbel drückte mir einen Zwanziger in die Hand. »Der Rioja Riserva«, instruierte sie mich, »im goldenen Netzstrumpf für drei neunundneunzig.«

Zum Aldi ist man fast eine halbe Stunde unterwegs. Ich beeilte mich. Der Schnee legte sich wie eine Tarnkappe auf mein Haar. Ich fragte mich, was wohl passieren würde, wenn es nicht bald aufhörte zu schneien. Die Flugzeuge hoben schon seit Tagen nicht mehr ab. Jetzt stand auch der Autoverkehr still. Busse und Bahnen fuhren nur auf bestimmten Strecken. Die Räumfahrzeuge kamen selbst nicht mehr durch, das Salz wurde knapp. Im Fall des Falles blieb nur noch eine Möglichkeit übrig – die Versorgung aus der Luft. Ich malte mir aus, wie das wäre, wenn über der Papageiensiedlung per Helikopter Notrationen abgeworfen würden. Die Assis würden abräumen und die Alten auf der Strecke bleiben. Survival of the fittest. Gemeinsam hätten wir eine Chance …

Schon vor Aldi standen sie Schlange. Endzeitstimmung. Zwei Muttis schimpften in einer Sprache, die ich nicht verstand. Ein Alter betete den Rosenkranz. Ich blickte hinauf in den Himmel. Schloss die Augen. Spürte den Schnee auf meinen Wangen. Stellte mir vor, dass ich drinnen Mama begegnen würde. Einen Abschied hatte es nie gegeben.

Mit einer zahnlosen Oma stritt ich mich um die letzte Flasche Rioja Riserva; sie gab erst nach, als ich sie auf ein Sonderangebot hinwies, das ihren stargetrübten Augen verborgen geblieben war. Die Kasseler Koteletts gab es billiger, der Brokkoli war aus. Stattdessen kaufte ich Blumenkohl, dazu jede Menge Pasta, Tomaten in der Dose, Hackfleisch, Zwiebeln, Brot, Leberwurst, einen Gemüseaufstrich für Inno, Gouda für Enja, Limo, Cola, Spekulatius und als Weihnachtsüberraschung zwei Packungen Schokoküsse. Die ganze Zeit über hielt ich Ausschau nach Mama, aber sie tauchte nicht auf.

Bärbel Stern erschrak, als sie mir öffnete. Dann musste sie lachen. »Siehst aus wie Jack Frost«, gluckste sie, »kennst du Jack Frost? Nicht? Auch egal …«

Sie hängte meine Jacke über die Heizung und gab mir ein Handtuch. Ich wollte ihr das Restgeld zurückgeben, sieben Euro fünfzig, aber sie schüttelte nur den Kopf und sagte »Lass mal, Sylvester, bist jung, kannst das Geld besser brauchen«.

Bärbel kriegt monatlich neunhundert Euro »Conti«-Rente, am Ende eines jeden Jahres noch einmal tausend Euro aus dem Contergan-Entschädigungsfonds, bei fünfhundert Euro Miete kommt sie damit gerade so über die Runden. Ich weiß das, weil ich für sie den Bewilligungsbescheid kopiert habe. Sie hat sonst niemanden. Eine Haushaltshilfe sieht hin und wieder nach ihr. Das war's. Ihre Geschwister hätten sie aufgegeben, für die sei sie längst tot. Sie selber hat nie aufgegeben. Dafür bewundere ich sie. Sie klagt selten, obwohl sie ständig Schmerzen hat. Ihr fehlen zwei Bandscheiben, ihre Gelenke sind kaputt, das Gehen fällt ihr schwer. Dennoch strahlt sie eine Lebensfreude aus, die den meisten Bewohnern der *Engelsruhe* abgeht.

»Kaffee?«

Wir tranken im Stehen. Ich hatte Enja versprochen, nicht allzu lange fortzubleiben. Wegen des Räumungsverkaufs bei Aldi war ich schon überfällig.

»Sag schon, was ist passiert?«, fragte Bärbel Stern mit einem Mal und blickte zu mir hoch.

Ich überlegte, woran ich gerade gedacht hatte und was mich verraten haben könnte.

»Nichts«, antwortete ich.

»Irgendwas mit deiner Mutter?«

Ich schüttelte den Kopf.

»Schon gut, schon gut.« Sie lächelte schief. »Wenn du mal jemanden zum Quatschen brauchst, komm einfach vorbei, ich kann gut zuhören und habe mehr Zeit, als ich brauche.«

Ich holte meine Jack-Frost-Jacke aus dem Bad. Sie war wieder fast trocken. Bärbel Stern brachte mich zur Tür. Wir wünschten uns gegenseitig ein frohes Fest. Sie sah traurig aus. Sie tat mir leid. Von uns würde niemand über die Weihnachtstage allein bleiben, selbst ohne Mama nicht.

7

»Bist du jetzt voll durch? Bei dem Stress krieg ich Hirnficken!«

Enja war stinksauer. Wieder. Oder immer noch. Insgeheim vernahm ich Mamas Stimme. *Lass sie, du weißt doch, wie deine Schwester ist. Wenn das damals nicht passiert wäre ...*

Ja, ja.

Drei Jahre ist das jetzt her. Vielleicht auch länger. Mamas Firma ging gerade den Bach runter, sie wartete schon seit Wochen auf ihren Lohn. Wir standen vor der »Tafel« Schlange, als zwei von Enjas Mitschülern vorbeiliefen. Keine Ahnung, was die am Affentorplatz zu suchen hatten, so weit von ihrem Quartier entfernt. Der eine Depp bleibt jedenfalls stehen und kräht über den ganzen Platz »Müllschlucker! Müllschlucker!«. Ich hab mir die beiden geschnappt, aber da war es schon zu spät. Enjas Heulkrampf dauerte zwei Tage, eine Woche hat sie sich nicht mehr in die Schule getraut. Alle wussten jetzt, warum Enja so oft das Geld für die Schulhefte *vergaß*, wieso sie *Stubenarrest* hatte, wenn sich die anderen im Eiscafé trafen, und weshalb sie am Tag der Klassenfahrt *plötzlich erkrankte*, aber unmittelbar nach der Abreise ihrer Mitschüler auf wunderbare Weise genas.

Anfangs schämte sie sich nur, später schlug ihre Scham in Hass um. Ihre Wut hält die anderen auf Distanz, Enja taugt nicht zum Opfer. Genauso wenig wie zur besten Freundin. Ein Fehler wie damals würde ihr heute nicht mehr passieren. Öffentliche Speisungen meidet sie ebenso wie Gratisgarderoben. Wenn Mama Sachen aus der Kleiderkammer holt, darf sie ihr ausschließlich Jeans und T-Shirts mitbringen, Tarnkleidung, auffällige Klamotten gehen gar nicht. Enjas größter Horror ist, irgendwann mit einer Jacke, Bluse oder Hose in die Schule zu kommen, die eine Mitschülerin als die ihre erkennt. Ich glaube, dann rastet sie endgültig aus.

Wir haben alle unsere Macken und haben uns auch alle mal geprügelt. Aber Enja ist die Einzige von uns, die auch in der Schule zuschlägt. Mama musste schon zweimal bei ihrem Lehrer antanzen. Wenn sie nicht härter durchgreife, sei ihre Tochter bald *nicht mehr beschulbar*, hat der ihr gesagt. Woraufhin Mama mit Enja zum Psychologen gedackelt ist. Der bescheinigte meiner kleinen Schwester eine *mangelhafte Impulskontrolle*, woraufhin ihn Enja einen *schwulen Wichser* nannte. Mama hat geheult. Ihre Verzweiflung war so groß, dass sie sogar Enjas Erzeuger um Hilfe bat. Was der seiner Tochter gesagt hat, weiß ich nicht. Aber offenbar ist er zu ihr durchgedrungen. Inzwischen hat Enja ihre Impulse besser unter Kontrolle. Ihre Wut leider nicht.

Ich kramte die Schokoküsse aus der Tüte und gab ihr einen. »Hier, gegen dein Hirnficken. Wo sind die anderen?«

Enja schnaubte. »Mir doch egal.« Sie stopfte sich den Schokokuss in den Mund und schimpfte weiter. Ich verstand sie kaum. Sagte sie *voll beknackt* oder *vollgekackt*?

»Wer?«, fragte ich.

»Alle beide.«

Langsam ahnte ich, woher ihre Kopfschmerzen kamen. Um sie zu besänftigen, erzählte ich ihr vom Totalausverkauf bei Aldi und präsentierte, was ich mitgebracht hatte. Ich kramte den Lohn meines Botengangs aus meiner Hosentasche. »Sieben Euronen. Hier, schenk ich dir.«

»Geh kacken!«

Wir setzten uns aufs Sofa und gönnten uns einen weiteren Schokokuss. Wie aus dem Nichts tauchte Inno plötzlich auf. Er wittert Süßes auf einen Kilometer Entfernung. »Dachte ich's mir doch«, sagte er und griff zu.

Da Flo und Opa schliefen, konnten wir unsere Pläne vom

Vormittag weiterspinnen. Enja glaubte sich zu erinnern, dass Alex ins Gutleutviertel gezogen war. Wohin genau, wusste sie nicht, aber das würde sie herauskriegen. Inno schlug vor, bei Tante Ida anzurufen, vielleicht wüsste die ja weiter, womöglich sei Mama sogar bei ihr. Ich hielt das für keine gute Idee. Erstens wohnte Tante Ida in Fürth, zweitens interessierte sie sich weder für ihre jüngere Schwester noch für ihren Vater und am wenigsten für uns, und drittens würde sie, schon um ihr Gewissen zu beruhigen, bei den Bullen anrufen – das konnten wir am wenigsten gebrauchen.

»Wir müssen in den Krankenhäusern nachfragen«, sagte ich, »Mama könnte … Ich mein ja nur, wenn irgendwas passiert ist.«

Enja und Inno stimmten sofort zu. Ich wunderte mich. Wir verteilten die Aufgaben. Enja wollte sich um Alex kümmern, ich würde die Kliniken abtelefonieren.

Doch wer passte auf Flo und Opa auf?

Enja verschränkte die Arme. Inno und ich sahen uns an. »Schere, Stein, Papier«, schlug ich vor. Inno war einverstanden. Nach drei Durchgängen wusste ich warum. Der Unschuldige durfte mit Flo Burgen bauen, während ich Opas Sklave sein würde.

»Frohe Weihnachten, Kinder!«

Als ob er uns schon die ganze Zeit über belauscht hätte, stand Opa plötzlich in der Tür. Er lachte. Kam mit ausgebreiteten Armen auf uns zu. Lachte noch, als er jeden von uns gedrückt und allen ein *gesegnetes Fest* gewünscht hatte.

Enja wischte sich Opas Kuss von der Wange. Unsere Blicke trafen sich. Ich weiß, dass meine Schwester Opas Wesensveränderung von uns allen am wenigsten erträgt. Nur deshalb ist sie ständig so wütend auf ihn. Wenn er sich in seinen lichten Momenten dann plötzlich wieder in ihren Lieblingsopa verwandelt, sprudeln all die schönen Erinnerungen von früher an die Oberfläche, was den darauf folgenden Absturz nur umso schlimmer macht.

Opa schnappte sich einen Schokokuss. »Hat einer von euch meine … Rosie gesehen?« Er sah mich an und lächelte gütig. »Immer Hummeln im Hintern, das Kind.« Dann warf er einen Blick auf seine Uhr. »Aber um sechs ist doch Be… Be…«

»Bescherung?«

Mir lief es kalt den Rücken hinunter. Das Geschenk für unser Baby! Ich sah auf die Uhr. Zwanzig nach zwei. Shit!

»Er kann meinen Rex haben«, sagte Inno.

Manchmal glaube ich, dass mein Bruder tatsächlich Gedanken lesen kann. Ich sah ihn dankbar an. Inno strahlte zurück.

»Wie süß«, stichelte Enja. »Ich lass euch dann mal allein.«

Inno bot sich an, mit Opa Mensch-ärgere-dich-nicht zu spielen. Wenigstens so lange, wie Flo schlief. Ich kramte das Telefonbuch aus der Schublade und suchte die Krankenhäuser heraus. Gut ein Dutzend kamen infrage. Das Höchster Klinikum lag am nächsten. Ich wählte. Legte aber gleich wieder auf. Inno warf mir einen fragenden Blick zu. »Tschüss!«, jubelte Opa und kickte eines von Innos Hütchen über den Tisch.

Ich zog mich ins Bad zurück, den einzigen Raum in unserer Wohnung, den man abschließen kann. Mein Blick fiel auf den Spiegel. *Ich kann einfach nicht mehr.* Ich riss einen Streifen Klopapier von der Rolle und wischte Mamas Abschied weg. Ein wächserner Film blieb, blassrosa. Ich setzte mich auf den eiskalten Toilettendeckel und legte mir meine Worte zurecht. Dann drückte ich die Wahlwiederholung. Ich landete in der Warteschleife. Die Minuten flossen dahin. Endlich hob jemand ab.

»Städtische Kliniken Frankfurt-Höchst, was kann ich für Sie tun?«

»Pessoa«, begann ich und verfluchte einmal mehr Mamas Sentimentalität. Wieso musste sie unbedingt an einem Namen festhalten, dessen Urheber sie nur wenige Monate nach der Heirat und der Geburt ihres gemeinsamen Sohnes im Stich gelassen hatte? Soweit ich wusste, meldete sich Senhor Fortunato Pessoa nur alle Jubeljahre einmal bei Inno und noch seltener bei seiner Ex. »Ich wüsste gern, auf welchem Zimmer meine Mutter liegt. Rosemarie Pessoa. Sie ist letzte Nacht eingeliefert worden …«

»Topessa?"

»Pe-sso-a. Wie der Dichter.«

»Dichter? Können Sie das buchstabieren?«

Also buchstabierte ich und nahm mir vor, Mama bei nächster Gelegenheit dazu zu überreden, Innos Beispiel zu folgen. Der nämlich hatte seinen Erzeuger längst für tot erklärt.

»Hören Sie, eine Rosemarie Pessoa kann ich nicht finden. Wann, sagten Sie, ist Ihre Mutter bei uns eingeliefert worden?«

Ich legte auf. Genervt und erleichtert zugleich. Ich fragte mich, was ich mir mehr wünschte. Gewissheit, ja schon. Aber insgeheim hoffte ich natürlich, dass Mama wohlauf war.

Ich wollte gerade die nächste Nummer wählen, als mein Handy klingelte. Ich fummelte es aus meiner Hosentasche und brachte Jay-Z zum Schweigen.

»Ja?«

»Hier auch *Ja*. Alter, was geht?«

Agi hat ein untrügliches Gespür für den falschen Moment.

»Wieso bist du gestern Nacht abgehauen, Mann?«, legte er los. »Hab dich gesucht, Alter. Hättest ruhig warten können, ich war nur mal …«

Ich erklärte ihm, dass sein Timing ungünstig sei. Allerdings liegen unsere Begriffe von Zeit weit auseinander. Um die Sache abzukürzen, setzte ich ihn ins Bild.

»Fuck! Mann! Und warum grad Weihnachten?!«

Dieselbe Frage hatte ich mir natürlich auch schon gestellt. Antworten gab es viele. Eine lag nahe. Dennoch schwieg ich.

»Wenn ich was tun kann …«

Ich dankte ihm. Agi und ich sind Gefährten und ziehen gemeinsam in den Krieg. Ich erklärte ihm, dass ich möglicherweise schon bald auf seine Hilfe zurückkommen würde.

Als ich aufsah, stand Inno in der Tür. »Hast du sie gefunden?«

»Nein.«

»Ich muss zu Flo«, sagte Inno.

»In Ordnung.«

Opa rückte gerade seine Spielfiguren zurecht. »Wo bleibst du denn?«, schimpfte er. »Jetzt setz dich endlich. Da! Vier Sechsen hintereinander. Da staunst du, was?«

8

Meine Zelle ist klein und kalt. Die eisige Luft legt sich wie Raureif auf meine Haut. Trotzdem bin ich froh, hier zu sein. In der Stille. In der Einsamkeit. Ich muss nachdenken. Am Ende meiner Suche habe ich jedes Ziel aus den Augen verloren.

Das Chaos brach am ersten Weihnachtstag aus, kurz nach Sonnenaufgang. Sein Vorbote war eine unscheinbare Melodie, die sich wie von selbst in meinen Traum schlich. Ich träumte, ich läge in einem gläsernen Sarg inmitten einer Wiese. Durch meine geschlossenen Lider drang orangefarbenes Licht. Mir war wohlig warm. Ich dachte an nichts. Mit einem Mal verdunkelte sich die Sonne. Ich öffnete die Augen. Jemand beugte sich über mich. Ein Schattenriss mit schwarzen, langen Haaren. Ein Mädchen. Mein Engel. Sie fasste durch das Glas und nahm meine Hand. Ich folgte ihr. Doch die Melodie ließ mich nicht los. Ich lauschte. Nicht doch, nein, das …

Jäh schreckte ich hoch. Es dauerte einige Momente, bis sich Traum und Wirklichkeit trennten. Die Nacht war schwärzer als sonst. Plötzlich fiel mir ein, dass ich sie nicht in meinem Bett, sondern auf dem Sofa im Wohnzimmer verbracht hatte. Mamas Sofa. Ich stand auf und lief in den Flur. Das Telefon summte sein Lied. Mama! Endlich bekam ich das verdammte Telefon zu fassen. Ich presste das glatte Plastik ans Ohr.

»Ja?«

»Äh …«

Ein heiseres Schnarren, das unvermutet abbrach. Ich horchte. Etwas raschelte, dann ein Kratzen, schließlich wie von weit her dumpfes Gewisper. Ich wartete. Was sollte das werden? Einer hustete. Das Getuschel brach ab. Plötzlich vernahm ich die Stimme vom Anfang, heiser, tonlos, abgehackt:

»Innozenz. Es ging ihm nicht gut. Ich wollte nur wissen, ob er wieder zu Hause ist.«

»Was …?!«

Noch bevor ich das Freizeichen vernahm, wusste ich, dass der Anrufer aufgelegt hatte. Ich hechtete vom Sofa und stürmte in unser Zimmer. Die Kerze brannte. Aber Innos Bett war leer.

Inno!

Lautlos schrie ich seinen Namen.

Inno!

Ich hockte mich auf sein Bett und versuchte einen klaren Gedanken zu fassen.

Es ging ihm nicht gut.

Ich wollte nur wissen, ob er wieder zu Hause ist.

Mein Gedächtnis puzzelte den vergangenen Abend. Enja hatte gekocht. Spaghetti bolognese. Als Nachtisch gab's Spekulatius. Die Bescherung war kurz gewesen: Zwei Schokoküsse für jeden und für Flo als Zugabe Innos beinamputierten Tyrannosaurus Rex. Im Nachhinein wunderte ich mich, dass weder Flo noch Opa Mama vermissten. Im Fernsehen lief die Weihnachtsgeschichte. Flo schlief um acht ein, Opa kaum eine Stunde später. Danach hatten wir Zeit, unsere Erkenntnisse auszutauschen. Bis auf eine Privatklinik in Bockenheim hatte ich alle Krankenhäuser erreicht. Eine Rosemarie Pessoa kannte niemand. Enja dagegen war fündig geworden. Ausgerechnet bei Facebook hatte sie Alex aufgespürt. Der Depp hatte dort seine volle Adresse hinterlegt. Offenbar wohnte er in der Nähe des Westhafens, nicht weit vom Bahnhof entfernt.

Es ging ihm nicht gut.

Inno hatte in Mamas Sessel gesessen und uns beiden zugehört. Jetzt, da ich darüber nachdachte, fiel mir auf, dass er den ganzen Abend lang nicht ein Wort gesagt hatte. Er war da gewesen und auch wieder nicht. Wie Mama während ihrer *dunkelsten* Tage. Einmal hatte er Mamas Nummer gewählt und nach wenigen Sekunden wieder aufgelegt.

The person you have called is temporarily not available.

Ich blies die Kerze aus. Es hatte aufgehört zu schneien. Vor dem Haus waren keine Spuren zu erkennen. Ich musste etwas tun. Dabei konnte ich Enja unmöglich mit Opa und Flo allein lassen. Enja war kurz vorm Ausrasten. Ich fühlte, wie mir alles entglitt.

Denk nach! Verdammt. Mach schon!

Es gab nur eine Möglichkeit …

Ich ging in Enjas Zimmer und weckte sie. Ich erklärte ihr, dass Inno abgehauen war. Ich erzählte ihr von dem seltsamen Anruf. Ich sagte ihr, was meiner Meinung nach zu tun sei. Ich beschwor sie, ruhig zu bleiben. »Denk an Mama! Denk an Flo! Ich brauche dich. Gemeinsam schaffen wir das.«

Enja schwieg. Mit ausdruckslosen Augen war sie meinem Vortrag gefolgt. Sekunden tropften dahin, eine Minute, eine weitere … Die Stille schwoll an. Mit einem Mal zweifelte ich, ob Enja wirklich begriffen hatte, was ich ihr zu erklären versuchte. Vielleicht träumte sie offenen Auges oder, schlimmer noch, sie …

»Fuck!«

Widerwillig rutschte sie aus ihrem Bett. Flo schnarchte leise. Sie schlüpfte in ihre Hausschuhe und baute sich vor mir auf: »Alle oder keiner«, sagte sie, »nur dass das klar ist!«

In der nächsten Viertelstunde durchsuchten wir mein Zimmer, aber Inno hatte nicht eine Spur hinterlassen.

»Und du hast keine Ahnung, wer der Typ gewesen sein könnte?«, fragte Enja zum wiederholten Mal.

Da Inno keine wirklichen Freunde hat, fiel mir nur der Grufti ein, mit dem er manchmal abhing. Aber wie sollten wir den aufspüren?

Ich erinnerte mich, dass er einen Namen hatte, der nicht wie ein Name klang, ein Wort, das ich von irgendwoher kannte, ein Wort mit o drin, aber ich kam nicht drauf. Inno hatte erzählt, dass er ihn am Grab von Günther Sare kennengelernt hatte, der bei einer Demo gegen die Nazis von einem Wasserwerfer überrollt worden war; das hatte ich mir gemerkt. Der Typ war älter als ich. Weshalb Inno seine Nähe suchte, wusste ich nicht. Ich erinnerte mich dunkel, das Inno auch von Gothics oder Emos erzählt hatte, die die Trauerhalle am Höchster Friedhof zu ihrem Tempel erwählt hatten, aber ob der Typ dazugehörte, wusste ich nicht.

Denk nach!

Wenn Inno sich mitten in der Nacht mit jemandem treffen wollte, hatte er ihn aller Wahrscheinlichkeit nach kurz zuvor angerufen. Ein Handy besaß mein kleiner Bruder nicht. Blieb nur noch …

Ich schoss hoch und jagte in den Flur. Enja rannte hinter mir her. Ich schnappte mir das Telefon und drückte die Wahlwiederholung. Eine Handynummer …

»Kannst du mir mal verraten …?«

»Schsch!«

Es dauerte einige Sekunden, bis die Verbindung hergestellt war. Ich lauschte. Das Freizeichen. Beim vierten Mal ging jemand ran.

»Ja?«

Ein heiseres Schnarren. Ich hielt die Luft an. Ich verstellte meine Stimme und nannte den erstbesten Namen, der mir einfiel: »Agi?«

Enja verdrehte die Augen. Ich legte den Finger auf meine Lippen.

»Nein, hier ist Lot«, antwortete der Typ übertrieben freundlich. »Kann es sein, dass du dich verwählt hast?«

Lot!

»Lot?« Ich dehnte seinen Namen, indem ich die aufgestaute Luft entweichen ließ. »Hör zu, du Wichser«, fuhr ich fort, »ich weiß, wer du bist, und jetzt kenne ich auch deine Nummer. Ich will wissen, was mit meinem Bruder ist. Entweder du sagst mir sofort, was Sache ist, oder ich komm vorbei und prügle es aus dir heraus!«

Stille. Ich presste den Hörer ans Ohr. Ein Mädchen kicherte leise. Mit einem Mal setzte aufgeregtes Geflüster ein. Ich konnte kein Wort verstehen. Schließlich meldete sich Lots heisere Stimme wieder.

»Wir wissen nicht, wo Innozenz steckt. Er wollte reden. Also haben wir geredet. Irgendwann sind wir schlafen gegangen. Heute Morgen war er weg.«

»Über was habt ihr geredet?«

»Über den Tod.«

»Über den Tod?«

»Innozenz hatte Fragen …«

»Fragen?«

»Was mit uns Menschen nach unserem Tod geschieht. Ich habe ihm gesagt, dass unsere Seele weiterlebt …«

»Und wieso hast du angerufen?«, unterbrach ich ihn. »Was soll das heißen: *Es ging ihm nicht gut*?«

Schweigen.

»Was?!«

Lot räusperte sich. »Wir haben … du weißt schon … wegen Weihnachten und so … Inno wollte … er hat sich's einfach genommen. Konnte doch keiner ahnen, dass …«

»Was?!«

»… dass er derart abkackt.«

»Wo? Wo finde ich dich?!« Ich schrie. Ich raste. Meine Gedanken schossen wie Flipperkugeln durch meinen Kopf. Was hatten die Wichser mit meinem Bruder gemacht!? Was ging in ihm vor? Wo befand er sich? Verdammt, er war doch fast noch ein Baby!

Lot wand sich. Er wolle keinen Ärger, stammelte er. Das mit meinem Bruder tue ihm leid, aber er könne doch nichts dafür … Ich schnitt ihm das Wort ab. Verlangte erneut seine Adresse. Als ich ihm versprach, ihm nicht wehzutun, gab er sie mir endlich. Ich drückte ihn weg. Flüsterte Straße und Hausnummer. Sagte sie auf wie ein Mantra. Immer wieder. Bis mich Enja unterbrach:

»Das pisst!«

Ich nickte. »Ich muss los.«

Sie hielt mich fest. »Alle oder keiner! Schon vergessen?«

Alle oder keiner.

Ich las in ihren Augen, dass das nicht verhandelbar war.

»Okay«, erwiderte ich. »Dann eben alle.«

9

Opa bestand auf seinem Sonntagsanzug. Wer Weihnachten unter die Leute gehe, solle nicht wie ein Lumpensack herumlaufen, belehrte er mich, was ich ihm trotz seiner abschätzigen Blicke nicht krummnahm. Flo weigerte sich mitzukommen. Erst als ich ihm vorschwärmte, welch unglaubliche Abenteuer da draußen auf uns warteten, gab er nach.

Niemand konnte ahnen, wie recht ich behalten sollte.

Nach dem Frühstück machten wir uns auf den Weg. Es hatte fast aufgehört zu schneien. Im Osten war der Himmel sogar aufgerissen, an manchen Stellen schimmerten hellblaue Flecken.

Schweigend stapften wir durch den knöcheltiefen Schnee. Geräumt hatte niemand. Ich stützte Opa, Enja hielt Flo auf Kurs.

Lot wohnte am Sossenheimer Weg in unmittelbarer Nähe des Höchster Friedhofs. Von unserem Ghetto aus ist das gerade einmal einen knappen Kilometer entfernt – zu weit für unser Bambi. Auf der Hälfte des Wegs fing Flo an zu quengeln.

»Ich kann nicht mehr laufen«, jammerte er und hockte sich in den Schnee. »Du sollst mich tragen!«

»Steh sofort wieder auf!«, zischte Enja.

»Lass ihn doch!«, blaffte Opa. »'ne Schnapsidee ist das, bei dem Sauwetter hier rumzulaufen!«

Mit Flo auf den Schultern und Opa am Arm schritt ich voran. Enja folgte mit einigem Abstand. Ich redete mir ein, dass sie mir wohl gern geholfen hätte, aber ihr Bruder ist ihr zu schwer und Opa geht ihr auf den Sack.

Als wir in den Sossenheimer Weg einbogen, klebte mir mein T-Shirt trotz der Kälte schweißnass auf der Haut. Ich wuchtete Flo hinunter und überredete ihn, die letzten paar Meter zu gehen. Opa schnaufte. Er tat mir leid, aber es gab keinen anderen Weg.

Wir erreichten das Haus, das Lot mir genannt hatte. Erst jetzt ging mir auf, dass ich vergessen hatte, ihn nach seinem Nachnamen zu fragen. Ich kramte mein Handy hervor und wählte seine Nummer, die ich mir zum Glück aufgeschrieben hatte. Während ich wartete, sah ich, wie Enjas Lippen das Wort *Vollpfosten* formten.

»Ja?«

»Ich bin's. Wo muss ich klingeln?«

»Ich mach auf. Vierter Stock.«

Als wir keuchend oben anlangten, stand eine Tür offen. Ich lugte in den Flur. Nichts.

»Ich will Schokolade«, maulte Flo.

»Vergiss es!«

»Frohe Weihnachten«, tönte Opa.

Ich rief Lots Namen. Niemand antwortete. Irgendwo wummerte ein Bass. Ich ging hinein, die anderen folgten mir auf dem Fuß. Lot und seine Freunde erwarteten uns im Wohnzimmer. Unser Anblick schockierte sie mindestens ebenso wie uns der ihre. Keiner sagte ein Wort. Sie waren zu fünft, alle schwarz gekleidet und gepierct und um die Augen herum schwarz geschminkt, ein Mädchen in kurzem Rock und Netzstrümpfen, das andere in High Heels, Strapsen und löcherigen Stockings, beide mit hochtoupierten Haaren und schwarzem Mundschutz. Die Typen trugen lange Röcke, ärmellose Shirts und seltsame Symbole auf der Haut, einer starrte uns aus weißen Augen an, ein anderer leckte sich mit seiner gespaltenen Zunge über die Lippen. Lot begrüßte uns. Mit seiner blassen Haut, seinem spitzen Mund und seinen mädchenhaften Zügen erinnerte er mich an Johnny Depp. Auf seinem Kopf thronte ein mächtiger Zylinder, der ihn über seine Freunde erhob.

»Pfui Spinne!«

Opa hatte seine Sprache als Erster wiedergefunden. Sein angewiderter Ausdruck sprach Bände.

»Gammelfleisch steht auf mich!«, flötete die mit den Strapsen.

»Meint die mich?«, fauchte Opa und stieß mir in die Rippen. »Weißt du, was die mich kann? Die kann … die kann mir … die kann mir mal den Hobel blasen!«

»Hättst du wohl gern«, zischte das Strapsmädchen durch ihren Mundschutz.

Lot sah sich genötigt, einzuschreiten. »Frieden, okay?« Er kreuzte die Finger. »Wenn du mich vorgewarnt hättest …« Er sah mir müde in die Augen. »Konnte ja keiner ahnen, dass du mit deiner ganzen Sippe hier aufkreuzt. Macht mal Platz!«

Widerwillig räumten seine Freunde das Sofa. Wir zogen unsere Jacken aus und quetschten uns zu dritt nebeneinander, Flo nahm zu unseren Füßen Platz. Unser Baby himmelte die Gothics mit aufgerissenen Augen an. Ein Mädchen lächelte. Das Eis war gebrochen.

»Dann erzähl mal«, forderte ich Lot auf.

»Da gibt es nicht viel zu erzählen«, erwiderte er. »Wir haben, wie soll ich sagen, Weihnachten gefeiert.« Der Typ mit den weißen Kontaktlinsen kicherte. »Der Kleine wollte mitfeiern. Erst haben wir geredet, wie gesagt, über den Tod und so weiter. Später war Bescherung. Maniac …« Er nickte zur gespaltenen Zunge.« … hat 'n Kaktus spendiert. Dein Bruder wollte auch mal naschen, aber keine Chance. Shadow …« Weißauge kicherte wieder. »… ist ein Happen abgebrochen, den hat sich der Kleine geschnappt und runtergeschluckt. So schnell konnte ich gar nicht gucken …«

»Wovon redest du da?«

»Kaktus, Peyote, Meskalin!«, mischte sich die mit den Strapsen ein. »Mann, bist du schwer von Begriff!«

Bei Meskalin machte es klick. Vor einem Jahr hatte mich DJ Schmitt von seinen Magic Mushrooms probieren lassen. War okay, aber ohne zu grooven. Raymond X meinte, gegen Meskalin seien Magic Mushrooms wie Marshmallows. »Meskalin katapultiert dich ins Wohnzimmer Gottes.«

»Ihr habt Inno abgeschossen?«

Lot sah mich nicht an. »Er hat sich selbst abgeschossen.«

»Peng! Peng!«, johlte Flo und zielte auf die Zunge und das weiße Auge. Beide krümmten sich und kippten zur Seite. Opa stocherte mit seiner Krücke durch die Luft. »Gib ihnen den Rest!«, stachelte er Flo an. »Die da! Und die da!« Sein Stock schwang zu den Mädchen. »Und als Letzten den Leichenbestatter.«

Ich schloss die Augen. »Und dann? Was dann?«

»Er hat gekotzt«, antwortete Lot.

»Gekotzt ist gar kein Ausdruck«, warf die mit den Netzstrümpfen ein.

»Als er fertig war, haben wir ihn auf die Couch gelegt«, fuhr Lot fort, »und mit Cola abgefüllt – wegen der Säure. Einer hat die ganze Zeit den Eimer gehalten. Ich glaub, das ging mehr als 'ne Stunde. Irgendwann war alles draußen, da ist er friedlich eingeschlafen. Wir sind noch 'ne Weile aufgeblieben, der Kleine hat durchgepennt. Heute Morgen war er plötzlich weg … Was kann ich denn dafür, ich konnte ihn doch nicht ans Bett fesseln, oder?!«

»Habt ihr Zombies denn nach ihm gesucht?«, schnaubte Enja, die bis dahin stumm neben mir gesessen hatte.

»Guck mal in den Spiegel, Süße!«, giftete das Strapsmädchen zurück.

»Fick dich doch selbst!«

Lot hatte sich bemerkenswert unter Kontrolle. »Haben wir nicht. Ich dachte, er sei nach Hause gegangen. In den Schoß seiner Familie. Einer sollte sich um ihn kümmern, deswegen habe ich bei euch angerufen … Aber wenn er nicht bei euch ist, kann er überall sein. Vielleicht solltet ihr euch an die Hüter des Gesetzes wenden …«

»Sicher.« Enja und ich warfen uns einen Blick zu. »Sag mal, auf eurem Friedhof …«

»Das ist nicht *unser* Friedhof«, fauchte das Mädchen mit den Netzstrümpfen. »Das ist ein *öffentlicher* Friedhof, auf dem wir bloß *abhängen.*«

»Schon okay, No-Name«, wiegelte Lot ab.

Meine Blicke wanderten zwischen beiden hin und her. »Und wo *genau* hängt ihr ab?«

»Das wird deinen Opa flashen«, erwiderte No-Name und verzog ihr an sich hübsches Gesicht zu einem hässlichen Grinsen. »Am Heldenfriedhof, peng, peng, bei den Seelen der Krieger.«

Opa war zum Glück gerade woanders. Ich wandte mich Lot zu. »Und wo finden wir diesen Heldenfriedhof?«

Der Zylindermann erhob sich und gab uns zu verstehen, dass unsere Audienz beendet war. »Am Alten Höchster Friedhof an der Kurmainzer Straße. Haltet Ausschau nach dem Obelisken«, sagte er. »Der ist nicht zu übersehen.«

10

Inno ist stur. Inno hasst das Chaos. Inno verhält sich im Alltag wie ein Autist. Nie käme er auf den Gedanken, Drogen zu schlucken oder nachts abzuhauen, und das allein, er fürchtet sich doch im Dunkeln – hatte Lot wirklich meinen kleinen Bruder gemeint?

Einmal, wenige Tage nach seiner Einschulung, ich erinnere mich noch genau, sollte Inno den gelben Sack zum Müll bringen. Beim Verknoten des Beutels fiel ihm eine Konservendose auf, der das Etikett fehlte. Ich weiß nicht, wie er darauf kam, aber auf einmal behauptete er steif und fest, in der Dose sei Rinti gewesen! Hundefutter, das Mama als Fleischeinlage in das Chili gerührt habe. Hundefutter? Mama war außer sich. Ob er überhaupt wisse, was er ihr da unterstelle?! Schämen solle er sich! Ausgerechnet ihr, die ihre Kinder über alles liebe, die sich für ihre Kinder aufopfere, die ihren Kindern trotz aller Probleme ein menschenwürdiges Dasein ermögliche. Wenn sie ohne Kinder geblieben wäre, das könne er ihr glauben, hätte sie längst Schluss gemacht.

Inno glaubte ihr. Doch sein Argwohn blieb. Nie wieder rührte er an, was nur entfernt nach Fleisch roch – mein Bruder, der Vegetarier …

Regeln sind Innos Leben, auf Abweichungen reagiert er geradezu panisch. Seine Zimmerhälfte ist für mich tabu, ebenso wie er sich versagt, die Grenze zu meiner Hälfte zu überschreiten. Wenn wir uns zur selben Zeit im Zimmer aufhalten, legt er fest, wer wie lange welche Musik hören darf. Im Bad besteht er auf seine eigene Klorolle, in der Küche auf sein eigenes Geschirr. Für die Benutzung des Fernsehers hat er einen Wochenplan erstellt, den er jeden Sonntag aktualisiert – mein Bruder, der Kontrollfreak …

Auch die öffentliche Ordnung ist Inno heilig. Wehe dem Busfahrer, der zu früh losfährt, oder dem Lehrer, der sich zu seinem Unterricht verspätet! Mitschüler, die während der Mathestunde stören, werden von Inno ebenso zurechtgewiesen wie Passanten, die ihr verrotztes Taschentuch *unauffällig* entsorgen. Wenn die Müllabfuhr am dafür vorgesehenen Tage einmal ausbleibt, sieht Inno den Untergang des Abendlandes nahen – mein Bruder, der Prophet …

Ausgerechnet Inno hatte in der vergangenen Nacht gegen alle Regeln verstoßen. Er war von daheim ausgerissen, hatte Drogen probiert und war danach sang- und klanglos verschwunden. Ohne Hinweis auf seinen Verbleib. Was war in ihm vorgegangen? Hatte er die Hoffnung aufgegeben? Warum vertraute er sich selbst mir, seinem heldenhaft verehrten Bruder, nicht mehr an?

Das ging mir durch den Kopf, als wir uns dem Friedhof an der Kurmainzer Straße näherten. Opa strich mit seinen rauen Händen über die raue Mauer und freute sich darüber wie ein Kind. Flo verhielt sich auffällig unauffällig. Enja warf mir einen Blick zu, den man mit etwas gutem Willen als hoffnungsvoll deuten konnte. Ich schöpfte Mut.

Der alte Höchster Friedhof ist ein kleines Gräberfeld, auf dem vor allem der Gefallenen des Ersten Weltkriegs gedacht wird. Die wuchtigen Steinkreuze, die wir entlangschritten, standen wie Soldaten in Reih und Glied. Ich sah auf die Zahlen. Kaum einer der hier Begrabenen hatte sein Jesus-Alter erreicht.

Das Ehrenmal war nicht zu übersehen. Ein Obelisk mit einer Inschrift: *Dulce et Decorum est Pro Patria Mori*. Meine linke Hirnhälfte übersetzte den Schwachsinn, meine rechte wunderte sich, woher sie das wusste. Währenddessen glitten meine Blicke über den Friedhof, um zu bezeugen, was offensichtlich war: Inno trauerte – wenn überhaupt – an einem anderen Ort.

»Spacko!«

Enjas Frust kennt viele Namen. Ihr Blick bestätigte mir, dass ich schuld war.

Tu endlich was!

Ich versuchte mich zu konzentrieren. Meine Gedanken trudelten wie trockene Blätter durch die Landschaften meines Gehirns.

Inno ist verwirrt.

Inno ist traurig.

Inno weicht selten von ausgetretenen Pfaden ab.

Wenn mein kleiner Bruder Rat sucht, vertraut er am ehesten seinen weisen »Sehern« aus dem Totenreich. Stundenlang verbringt er seine Zeit auf Friedhöfen, wo er vor Gräbern fremder Männer steht, um mit jenen in stummer Zwiesprache über das Leben, vor allem aber über den Tod zu meditieren. Wenn er nicht hier war, befand er sich möglicherweise auf dem anderen, dem Hauptfriedhof von Höchst. Hatte er mir nicht anvertraut, dass die Trauerhalle dort auch *sein* Tempel sei?

»Wir brechen auf«, sagte ich und verkündete das neue Ziel unserer Reise.

»Geht schon vor«, befahl Opa. »Ich komme dann nach.«

»Wir bleiben zusammen«, erwiderte ich bestimmt.

»Ich muss kacken!«, bellte er. »Haut ab! Alle miteinander!«

Enja stöhnte.

»Was muss der Opa?«, fragte Flo.

»Opa muss Kacka machen«, antwortete ich.

»In die Windel?«

»Nein, hinterm Busch.«

Ich folgte Opa, bis er einen geeigneten Platz gefunden hatte. Als er die Hose runterließ, entdeckte er mich. »Verschwinde!«, fauchte er.

Also drehte ich eine kleine Runde. Das trockene Knirschen

des Schnees war das einzige Geräusch weit und breit. Als ich zum Busch zurückkehrte, lächelte Opa. Ich reichte ihm mein letztes Papiertaschentuch. Danach half ich ihm in seine Hose, stopfte das Hemd hinein und knöpfte seine Jacke zu.

»Bist du endlich fertig?«, fragte er.

Ich nickte.

Die beiden Höchster Friedhöfe liegen kaum einen Kilometer voneinander entfernt. Normalerweise benötigt man eine Viertelstunde von einem zum anderen, wir aber waren fast dreimal so lang unterwegs. Flo quälte der Hunger, Opa nörgelte, weil ihn sein Rheuma plagte. Es war ein Uhr vorbei, als wir das schmiedeeiserne Tor aufstießen, um in den düsteren Gräberpark einzutauchen. Frischer Schnee bedeckte den Kies. Ein Weg ohne jede Spur. Als ob uns die Seelen der Toten gerade erst den weißen Teppich ausgerollt hätten.

Die Trauerhalle thront rechts vom Eingang. Auf den ersten Blick erinnert der Bau tatsächlich an einen Tempel. Ich kenne Bilder aus Reiseprospekten, die mir Mama von Zeit zu Zeit unter die Nase hält – die Akropolis, das Pantheon oder das Tal der Tempel – sie liebt Säulenarchitektur. Ich blickte mich um. Weit und breit war niemand zu sehen. Die Tür zur Trauerhalle war verschlossen. Neben einer der beiden Bänke entdeckte ich eine angebrochene Bierflasche. Meine Hoffnung schwand. Inno hätte, da war ich mir sicher, die Flasche mitgenommen oder entsorgt.

»Ich will nach Hause«, quäkte Flo.

»Ich komm mit«, schloss sich Opa an.

»Wie ihr wollt«, erwiderte ich. »Aber vorher spielen wir noch ein Spiel. Enja und Flo gegen Opa und mich. Wer Inno findet, hat gewonnen. Okay?«

Die beiden sprühten nicht gerade vor Begeisterung, ließen sich aber darauf ein. Wir teilten uns auf. Enja und Flo übernahmen die eine, Opa und ich die andere Hälfte des Friedhofs. Wir verabredeten, dass wir uns eine halbe Stunde später an der Trauerhalle wiederträfen.

Der Höchster Friedhof ist symmetrisch angelegt, was unsere Suche erleichterte. Allerdings hing Opa schwer an meinem Arm, sodass wir nur langsam vorankamen. Ich erzählte ihm eine Geschichte aus seinem eigenen Buch, was ihn bei Laune hielt, während meine Blicke jeden Quadratmeter des Gräberparks abtasteten.

Trotzdem hätte ich Inno fast übersehen. Er hockte an einem Grab, das ein granitener Stein zierte. Mit seinen schwarzen Klamotten verlor sich mein Bruder vor dem dunklen Grabmal wie ein Schattenriss vor einer schwarzen Wand. Ich lotste Opa zu einer Bank und bat ihn, dort auf mich zu warten.

»Haben wir gewonnen?«, wollte er wissen.

»Sieht ganz danach aus«, antwortete ich.

Obwohl der Schnee knirschte, schien mich Inno nicht zu bemerken. Er hockte auf einem Grenzstein und murmelte zusammenhanglose Worte, die ich erst verstand, als ich unmittelbar hinter ihn trat:

»… hab ich gar nicht gespürt, dabei hätte ich das doch spüren müssen, oder nicht? … Weil, ich hatte doch so einen Hunger, das kannst du dir gar nicht vorstellen, ich hätte … Aber Licht kann man ja nicht essen, und das war doch das Einzige, das ich … Was hättest du denn getan an meiner Stelle, wenn du nicht verhungern und verdursten willst und du in einer Lichtblase schwebst, ich verrate es dir, ich habe den Schweiß von meinen Händen und Armen abgeleckt, weil da ja Salz drin ist, und Salz braucht der Mensch … Enja sagt, dass Schweiß wie Pipi ist und so, nur dünner, die spinnt doch, oder ist das bei Mädchen anders, keine Ahnung, ist mir auch egal, ich bin ja kein Mädchen, zum Glück nicht, denn dann hätte ich ja keine Muskeln und …«

»Inno …«

Er fuhr herum. Staunte mich an. Ich nahm ihn in den Arm. Sein Haar roch nach Minze. Als er sich an mich drückte, presste es mir das Herz zusammen. »Schon gut«, flüsterte ich, »wird alles wieder gut.«

»Mama geht's gut.«

»Mhm?«

Er deutete zum Grab. »Der da hat gesagt, dass sie sich bloß ausruht.«

Auf dem Stein stand eine Inschrift:

Dein Glück war die Liebe,
Deine Liebe war mein Glück.

»Ist dir kalt?«

»Ein bisschen.«

»Hast du Hunger?«

»Und wie.«

»Okay, dann gehen wir erst mal nach Hause.«

11

Daheim wartete niemand auf uns. Stattdessen blinkte der Anrufbeantworter. Als ich die Freisprechtaste drückte, zersplitterte eine schrille Stimme die Stille des Tages: »Haaallooo! Keiner zu Hause? Ist ja wieder typisch! Hätte ich mir ja gleich denken können. Dann eben nicht. Papa, Rosie, Kinder – eigentlich wollte ich euch ja persönlich ›Frohe Weihnachten‹ wünschen, aber dann tu ich's halt unpersönlich. Also: Frohe Weihnacht! Ich hoffe, ihr seid artig. Grüße auch von Karl und den Kätzchen. Meldet euch!«

»Leck …!«, zischte Enja.

»Wer war das?«, wollte Opa wissen.

»Tante Ida! Tante Ida!«, kreischte Flo.

Ich löschte den Anruf. Mamas Schwester stresst. Sie und ihr Großkotz Karl. Baden im Wohlstand und versichern sich gegenseitig, dass jeder tatsächlich bekommt, was er verdient. Für Mama haben sie nichts übrig außer billigen Ratschlägen. *Könntest du nicht … Versuch doch mal … Meinst du nicht auch* … Hauptsache, es kostet nichts. Hauptsache, sie bleiben für sich. Wie damals, als es darum ging, wer Opa bei sich aufnimmt. Plötzlich waren sie verschwunden. Von einem Tag auf den anderen. Kleine Weltreise, hieß es später, und dass diese von langer Hand geplant gewesen sei. Da war die Entscheidung über Opas künftige Heimat längst gefallen.

Ihre Scheinheiligkeit kotzt mich an! Früher haben sie uns jedes Jahr zu Weihnachten ein Kleiderpaket geschickt – Ramsch oder Ausschussware, die der liebe Onkel Karl als Quelle-Geschäftsführer umsonst bekam. Dass uns die meisten Sachen nicht passten, interessierte ihn nicht – *da wachst ihr schon noch rein, Kinder, und außerdem: Ist bei euch jungen Leuten oversized nicht modern?* Wir hatten uns zu freuen, also sagten wir Danke und stapelten die Klamotten im Schrank. Inzwischen ist Quelle abgewickelt und die Päckchen aus Fürth bleiben aus. *Müssen jetzt auch strampeln*, sagt Mama und macht sich allen Ernstes Sorgen, ob ihre große Schwester auch wirklich über die Runden kommt. Onkel Karl sorgt sich nicht. Als Frührentner hat er endlich Zeit zum Golfen. Und noch mehr Zeit, um sich kluge Ratschläge auszudenken. Ich kriege Pickel, wenn ich mir ausmale, wir müssten eines Tages bei ihnen leben, und sei es nur vorübergehend. Da verwandelt sich sogar das Heim in ein Märchenschloss …

Wir meldeten uns nicht.

Während ich unser Baby trockenlegte, machte Enja Mittagessen. Diesmal gab es Makkaroni mit Tomatensoße. Nudeln sind die genialste Erfindung seit Menschengedenken. Sie sind billig, haltbar und in null Komma nichts gekocht. Außerdem schmecken sie auch, wenn man sie mit Ketchup oder Zucker isst. Und sie machen satt.

Nach dem Essen bettete ich Opa aufs Sofa. Ohne sein Mittagsschläfchen ist er am Nachmittag ungenießbar. Inno verzog sich in unser Zimmer. Enja nutzte die Zeit, um ihre sieben E-Mail-Konten zu checken. Flo hielt mir die »Wilden Kerle« unter die Nase. Seine stumme Aufforderung duldete keinen Widerspruch.

Der gewünschte Gesprächspartner ist vorübergehend …

Es war nach drei, als wir uns auf den Weg machten. Die Wolkendecke war aufgerissen. Hin und wieder kam sogar die Sonne durch. Wo ihre Strahlen auf frisch gefallenen Schnee trafen, blitzte es hell auf – ich hielt dem gleißenden Licht stand, ohne zu blinzeln.

Zwischen Enja und Inno brannte die Luft. Die beiden können sich schon an normalen Tagen nicht riechen – Innos Flucht hatte alles noch schlimmer gemacht. Ich glättete die Wogen, indem ich Enja aus all ihren Pflichten entließ und

Inno bat, seinen kleinen Bruder im Auge zu behalten – Sly, die Supersupernanny.

Enja hatte herausbekommen, dass Alex in der Hafenstraße zwischen Westhafen und Hauptbahnhof wohnte. Wir nahmen denselben Weg, den ich mit Agi gegangen war. Ich dachte an die Nacht der Nächte.

Fiona zwinkerte mir zu. *Ciao, Süßer. Vielleicht sehen wir uns wieder?*

An der Haltestelle *Engelsruhe* nahmen wir den Bus zum Höchster Bahnhof. Unser Vermögen reichte gerade noch für eine Gruppentageskarte. Der Busfahrer wartete geduldig, bis ich die Münzen aus meiner Hosentasche gepflückt hatte. Währenddessen verpasste Opa Inno eine Kopfnuss. Inno trat Opa gegen das Bein. Enja zerrte den zeternden Flo hinter sich her. Die alte Dame auf dem Behindertensitz beäugte uns misstrauisch. Ich konnte es ihr nicht verübeln. Ein spleeniger Greis, eine feuerspuckende Zicke, ein Existenzialist mit Pausbäckchen und ein grimassierender Zwerg – kein Zweifel, wir waren verdächtig. Bestenfalls gingen wir als Theatertruppe durch mit mir als großen Zampano oder, was wahrscheinlicher war, man hielt uns für ausgebüxte Psychiatriepatienten, wobei mir die Rolle des nur nach außen hin harmlosen, tatsächlich jedoch grundgemeinen Soziopathen zukam.

Unser Ausflug erschien mir in diesem Moment wie der reinste Irrsinn. Ich nickte dem Busfahrer zu und setzte mich neben Opa. Na ja, genauso verrückt wäre wohl gewesen, daheim auf ein Wunder zu warten.

Am Bahnhof Höchst hatten wir gleich Anschluss. Bis auf ein älteres Paar war unser Abteil leer. Die Frau strahlte Flo an. Unser Bambi dankte es ihr, indem er ihr die Zunge herausstreckte.

Während sich der Zug bedächtig durch die Winterlandschaft schob, fragte ich mich ein weiteres Mal, warum Mama ausgerechnet an Weihnachten gegangen war. Ich erinnerte mich an ein Gespräch letzten Sommer, an einem Abend Ende August. Am Vormittag hatte sie ein Vorstellungsgespräch in einer Werbeagentur gehabt. Mama war zuversichtlich, die Stelle zu bekommen. Die Chefin habe selbst Kinder, die Mitarbeiter seien aufgeschlossen und die Arbeitszeiten flexibel. Wir saßen in der Küche am Fenster und rauchten, während die anderen längst schliefen. Mama hatte Wein getrunken. Was sie mir sagen wollte, war ihr wichtig:

Nichts zu haben bedeutet ja nicht, nichts zu sein. Vielleicht hast du deine Arbeit verloren und deine schöne Wohnung, aber deswegen bist du noch lange kein Verlierer. Verlierer stehen an Trinkhallen und reden vom Verlieren. Du aber weißt, wie dein Leben vor deinem Scheitern aussah. Du kämpfst und du hoffst und mit etwas Glück findest du wieder Anschluss an dein früheres Leben. Aber wehe, du vergisst, wie sich das anfühlt, dazuzugehören und jemand zu sein! Wenn du aufgibst und zulässt, dass die Leere in dir wächst, Tag für Tag und Nacht für Nacht, bis du nichts anderes mehr wahrnimmst und fühlst, dann bist du tatsächlich ein Nichts, dann bist du Luft, dann ist es, als hätte es dich nie gegeben.

Mama hatte mich schon oft ins Vertrauen gezogen, aber so nah wie an diesem Abend hatte sie mich noch nie an sich herangelassen. Die Leere, das Nichts, die Empfindungslosigkeit und die Resignation – heute weiß ich, worum es ihr ging, es ging ihr um Würde, ihre Würde und die ihrer Kinder, es ging darum, die eigene Würde zu behaupten gegen die Angst und die Hoffnungslosigkeit.

Verlierer stehen an Trinkhallen und reden vom Verlieren.

Hatte sie ihre Würde am Ende doch eingebüßt?

»Wie ist dein Plan?«

Inno stand vor mir, hinter ihm Enja mit Flo auf dem Arm. Alle drei sahen mich erwartungsvoll an. Der Zug fuhr gerade in den Hauptbahnhof ein. Die Frage irritierte mich, aber mehr noch irritierte mich die plötzliche Eintracht zwischen meinen Geschwistern. Opa war eingenickt. Sein Kopf ruhte auf meiner Schulter.

»Ich habe keinen Plan«, erwiderte ich wahrheitsgemäß.

»Aber wir brauchen einen Plan«, beharrte Inno.

Ich stieß Opa an, um ihn aufzuwecken. Er grunzte ungehalten.

»Also gut: Wir gehen zu Alex, verschaffen uns Einlass und sehen nach, ob Mama bei ihm ist. Wenn ja, nehmen wir sie mit, wenn nicht, ziehen wir wieder ab und überlegen uns was Neues.«

Enja nickte.

»So machen wir das«, stimmte Inno ein.

Ich wunderte mich, dass beide so genügsam waren und selbst Flo von meinem bescheidenen Plan beeindruckt zu sein schien. Der Zug hielt. Ich schüttelte Opa, bis er die Augen öffnete.

»Wir sind da«, sagte ich.

»Das sehe ich selbst, meinst du, ich bin blöde?«, polterte er los.

Enja nickte stumm. Inno enthielt sich. Flo jauchzte los: »Opa ist blöde! Opa ist blöde!«

Ich zerrte Opa hinter mir her. Irgendwie schafften wir es noch rechtzeitig hinaus. Hinter uns fiel die Tür zu. Leise setzte sich der Zug in Bewegung.

»Opa ist blöde! Opa ist blöde!« Flo wollte einfach nicht aufhören. Seine heitere Stimmung kippte erst in dem Moment, da ihm Opa eine Kopfnuss verpasste. Die Florian-Passion, untermalt von den mitfühlenden Gesängen einiger Omas, begleitete uns auf unserem Weg hinaus.

12

»Wo bringt ihr mich hin?«

Opa war stehen geblieben. Ihn interessierte nicht, dass die Fußgängerampel auf Rot sprang und der Fahrer des Porsche links von uns den Gang einlegte. Opa wollte es wissen: »Wo bringt ihr mich hin?«

»Wir bringen dich nirgendwohin«, antwortete ich und versuchte ihn weiterzuziehen. »Wir sind auf der Suche nach Rosie.«

»Rosie ist zu Hause«, behauptete er und stemmte sich gegen mich. »Ihr bringt mich in die Klapsmühle, damit ihr mich los seid!«

»Du spinnst.«

Der Porschefahrer hupte. Enja zeigte ihm den Finger. Aus den Augenwinkeln heraus nahm ich wahr, wie die Tür aufsprang. Hätte Inno Opa nicht genau in diesem Moment einen kräftigen Schubs versetzt, der den Weg frei machte, wäre der Porschetyp wohl auf Enja losgegangen und ich hätte ihm das Licht ausblasen müssen. So aber setzte hinter ihm ein Hupkonzert ein, das ihn zu einem Sinneswandel zwang. Wutentbrannt starrte er uns an. Dann stieg er zurück in seinen Schlitten und fuhr hupend davon.

Opa weinte. Ich nahm ihn in den Arm.

»Ganz toll!«, zischte ich Enja zu, »noch so 'ne Nummer und du bist draußen.«

»Du hast mir gar nicht zu sagen«, erwiderte Zornröschen, aber in ihren Augen flackerte ein Anflug schlechten Gewissens.

Am Parkplatz hinter dem Bahnhof campierte eine Gruppe Punks. Sie waren in bunte Decken gehüllt und sammelten in einer Pappschachtel Kleingeld der Passanten. Ihr Hund trottete auf uns zu. Opa bückte sich, um ihn zu streicheln. Dankbar leckte die Promenadenmischung seine Hand. Opa lächelte. Allem Anschein nach waren seine Sorgen verflogen.

Wir zogen weiter. Nach einer Weile näherten wir uns der Hafenstraße. Sie verbindet das düstere Gallusviertel mit dem leuchtenden Westhafenkomplex. Alex wohnte in einem heruntergekommenen Mietshaus in unmittelbarer Nähe des Gleistunnels. Wenige Häuser weiter war eine Toreinfahrt. Ich wies die anderen an, unter dem Bogen auf mich zu warten, und ging das letzte Stück allein.

Wie ist dein Plan?

Ich zündete mir eine Kippe an. Formte Kringel und dachte nach. Alex hatte noch eine Rechnung mit mir offen. Ich hoffte, dass seine Feigheit größer war als seine Rachsucht. Ich rauchte die Zigarette bis zur Hälfte und drückte sie aus. Ich klingelte. Inno linste um die Ecke. Ich wedelte mit der Hand, bis sein Kopf wieder verschwand. Ich wartete. Nichts geschah. Ich klingelte erneut. Vielleicht hatte mich Alex durch den Vorhang entdeckt. Ich drückte gegen die Tür. Nichts. Ich klingelte Sturm. Unerwartet sprang die Tür auf. Ich stolperte in den Hausflur. Alex stand auf dem oberen Treppenabsatz, nur drei Stufen von mir entfernt. Er trug seine Modern-Talking-Gedächtnis-Hose, dazu ein ehemals weiß geripptes Unterhemd mit braunen Sprenkeln, einen breiten Oberarmreif und sein Goldkettchen mit Stern. Seine struppigen Haare standen nach allen Seiten ab. Neu war die schwarze Klappe über seinem linken Auge.

»Was willst du hier, du Pisser?«, krächzte er und zog den Rotz durch seine Nase.

»Mit dir reden«, entgegnete ich.

»Worüber?«

»Sag ich dir gleich. Aber nicht hier. Hast du 'n Bier?«

Der Einäugige stierte mich an, als sei ich wahnsinnig geworden. »Was willst du hier, Pisser?«, wiederholte er. »Wie hast du mich überhaupt gefunden?«

»Das will ich dir ja erzählen«, antwortete ich. »Drinnen. Muss ja nicht jeder mitkriegen. Geht um deine Freunde …«

Ich musste in seine Wohnung. Ich musste nachsehen, ob Mama bei ihm war. Alex dagegen wollte wissen, worum es ging. Ich beobachtete, wie er mit sich rang. Am Ende siegte seine Neugier. »Na gut, du Pisser, ich gebe dir fünf Minuten«, erklärte er und klang dabei wie der Klassenclown bei einer Schulaufführung von »Bugsy Malone«.

Ich folgte ihm ins Halbdunkel seiner Wohnung. Drinnen war es kalt. Es roch modrig. Im Flur bröckelte der Putz von den Wänden. Eine Höhle, dachte ich, als mich unversehens ein Schlag in die Seite traf. Ich krümmte mich. Ein Tritt traf meine Nase. Ich warf mich zur Seite. Alex hinterher. Sein nächster Hieb erwischte mich am Kinn. Ich rollte ab und sprang gleich wieder auf. Er schlug noch einmal zu. Ich stolperte rückwärts. In der Küche rutschte ich auf irgendeiner Schmiere aus. Er warf sich auf mich. Seine Stimme überschlug sich. »Du Scheißpisser, ich mach dich tot!« Ich wehrte seine Schläge ab. Versuchte wieder zu Atem zu kommen. Als er mir sein Knie in die Eier rammen wollte, bäumte ich mich auf. Er rutschte weg. Ohne zu zielen, rammte ich ihm meine heiße Faust ins offene Auge. Er taumelte. Ich versetzte ihm einen weiteren Schlag. Er sackte weg. Ich holte aus, um ihm den Rest zu geben. Aber er regte sich nicht mehr.

Keuchend rang ich nach Atem. Dieser feige Wichser! Blut tropfte aus meiner Nase. Plötzlich vernahm ich Stimmen. Ich hielt die Luft an. Lauschte. Stemmte mich hoch. In der Spüle türmten sich Töpfe und Pfannen. Ein feiner Pelz bedeckte den Berg. Ich taumelte hinaus. Humpelte den Stimmen entgegen. Eine Tür. Ich öffnete sie einen Spaltbreit. Das Wohnzimmer. Ich trat ein. Auch hier eine Müllhalde. Flaschen über Flaschen, aufgerissene Packungen, wieder Flaschen, zerkrümelte Chips, Asche, Kippen, vergammelte Pizzakartons. Mittendrin ein riesiger Fernseher, in dem sich gerade zwei Zeichentrickmäuschen stritten.

»Du bist ein Niemand«, piepste die eine.

»Besser ein Niemand als ein Nichts«, antwortete die andere.

Ich machte kehrt. An der Küchentür klebte Blut. Mein Blut. Alex rührte sich nicht. Ich füllte einen der pelzigen Töpfe mit Wasser und goss ihm die Suppe ins Gesicht. Er prustete. Also lebte er. Ich ließ ihn liegen und verließ die Wohnung. Ich hatte genug gesehen. Mama war nicht hier gewesen. In diesem Drecksloch hätte sie keine Sekunde lang überlebt.

»Wie siehst du denn aus? Bist du … bist du vors Auto … du weißt schon? Junge, Junge, Junge! Nichts als Ärger hat man mit dir!«

Während Opa schimpfte, blickten mich meine Geschwister erwartungsvoll an.

»Du müsstest erst das Auto sehen«, versuchte ich einen Witz.

»Junge, Junge!«, wiederholte Opa. »Das hätte ins Auge gehen können.«

»Ist es.« Ich zwinkerte Inno zu. »Aber nicht in meines.«

Enja kramte ein benutztes Taschentuch aus ihrer Jeans und tupfte mir damit das Blut aus dem Gesicht. Ihre Fürsorge rührte mich.

»Hast du das Schwein gefickt?«, raunte sie.

Ich nickte.

Sie riss die Ecken des Taschentuchs ab, knüllte sie zusammen und stopfte sie mir in beide Nasenlöcher.

»Und Mama?«

»Fehlanzeige.«

»Will ich auch«, bettelte Flo. Er zerrte Enja den letzten

Papierfetzen aus der Hand und steckte ihn sich wie ein Fähnchen in die Nase.

»Sag ich doch, Mama ruht sich bloß aus«, warf Inno ein.

Enja wirbelte herum. »Und woher weißt du das, Spasti?«

»Weiß ich eben.«

»*Weiß ich eben* …«

»Weiß ich auch.«

»*Weiß ich auch* … Nichts weißt du! Gar nichts!«

»Hört auf zu streiten, Kinder«, meldete sich Opa zu Wort und wirkte mit einem Mal sehr klar. »Vertragt euch lieber.«

»Opa hat recht«, erklärte ich. »Am besten, wir fahren nach Hause. Ich weiß ja nicht, wie's euch geht, aber ich habe die Nase voll.«

13

In Sichtweite unseres Hochhauses, am Ende des Cheruskerwegs, gibt es einen Abenteuerspielplatz, den ein Beamtengenie »Schlotterland« getauft hat, wie ein Schild am Zaun verrät. Eine Burgruine aus gemeißelten, mit Wappen verzierten Steinen trägt eine roh zusammengezimmerte Holzkonstruktion, die von Weitem an ein Baumhaus erinnert und dessen Tritte und Stufen, Läufe und Brücken zum Klettern und Spielen einladen. Flo tobt oft hier herum. Inno fühlt sich inspiriert, wenn er im Turm hockt und über den Kleingärten gegenüber der Vollmond aufgeht. Ich selbst treffe mich hier mit Agi und den anderen zum Chillen oder Quatschen.

In ihrer zur Schau gestellten Unvollkommenheit ist die Burg das Schönste, was wir haben, die schönste Ruine weit und breit. Alle lieben sie, selbst Enja kriecht hier manchmal unter, wenn ihr vor dem PC die virtuelle Decke auf den Kopf fällt.

An diesem Abend jedoch war es Opa, der unbedingt zur Ruine wollte und dabei vor allem eines im Sinn hatte. »Lass uns rutschen, Rosie, ich nehm dich auf den Schoß!«, rief er und tätschelte Enjas Arm.

»Aufs Maul!«

»Was?«

»Ich katz gleich ab.«

Auf einer Bank unweit der Burg sah ich die Schemen eines in sich verknoteten Paares, das erst voneinander abließ, als Opa einen fahren ließ.

»Is ja widerlich«, zirpte eine Mädchenstimme, die ich von irgendwoher kannte.

»Sly?«

Ich wandte mich um. Das Knäuel dröselte sich auf. In der Dunkelheit schob sich ein massiger Schatten auf mich zu.

»Konnichiwa.«

Jetzt erst erkannte ich ihn. Hermann. Er grinste, faltete seine Hände und neigte den Kopf, ein Begrüßungsritual, das er einem buddhistischen Kampfmönch abgeguckt hat, der zur Galerie seiner unbesiegbaren Superhelden gehört. Was bei anderen peinlich wäre, wirkt bei Hermann beinahe erhaben, weil er selbst wie ein Glücksbuddha daherkommt: fett, feist und immerzu lächelnd. Hermann wohnt drei Blöcke weiter und wird nicht ohne Grund *der Cherusker* genannt. Der Legende nach ist er noch nie aus unserem Viertel herausgekommen. Inzwischen sind wir fast so etwas wie Freunde.

»Wir wollten nicht stören«, bemerkte ich und lotste Hermann einige Schritte von den anderen fort. »Opa ist, du weißt ja, er …«

»Kein Problem«, erwiderte Hermann. »Ärger gehabt?« Er deutete auf meine ausgestopfte Nase.

»Nicht der Rede wert.«

Er warf einen Blick über seine Schulter. Eine Hand wedelte durchs Dunkel. Als er mich wieder ansah, waren seine Augen hinter seinem breiten Grinsen kaum noch zu sehen. »Lief nicht so gut zwischen euch, oder?«

»Ist das …?«

»Genau, Babsie.« Der Glücksbuddha gluckste. »Aber keine Angst, ich sag's nicht weiter.«

»Hä?«

»Dass du …« Er sah sich um, senkte die Stimme. »… na ja, dass dein kleiner Mann nicht wollte, wie du wolltest.«

Im ersten Moment glaubte ich, Hermann wolle mich verarschen. Aber als hinter seinem Rücken plötzlich Babsie auftauchte und sich wie ein wuschiges Kätzchen an ihn schmiegte, dämmerte mir, dass es *ihr* zumindest ernst war. Vor einigen Monaten hatte ich ihr einen Korb verpasst, jetzt wollte sie sich offenbar rächen.

Eigentlich hatte ich andere Probleme. Aber wenn sie es darauf anlegte …

»Mein großer Freund steht eben nicht auf Pelz«, antwortete ich und wandte mich Babsie zu. »Konntest du ja nicht wissen, sonst hättest du dich bestimmt vorher rasiert. Auf jeden Fall freu ich mich für euch, besonders für dich, Babsie, sei lieb zu Hermann, er hat es verdient.«

Babsie öffnete den Mund, aber ihr fiel keine spontane Erwiderung ein. Noch nicht einmal ihr Reste-Lächeln wollte ihr gelingen.

»Sayonara«, sagte ich und folgte meiner Sippe.

»Wer war die Tusse?«, wollte Enja wissen.

Aber da jeder Gedanke an Babsie ohne Belang ist, überhörte ich ihre Frage und nickte stattdessen Opa zu, der bereits ungeduldig wartete. Gemeinsam hievten wir ihn auf die Balustrade. Inno kletterte hinterher, während ich zum Ende der Rutschbahn sprintete. Schon sackte Opa in die Knie und sauste die nasse Metallbahn herunter. Ich fing ihn auf, aber sein Schwung war so groß, dass wir beide im Schnee landeten. Meine Nase blutete wieder.

»Uiii!«, jubelte Opa. »Komm, gleich noch einmal!«

Opa und Flo jedenfalls hatten ihren Spaß, während Inno und ich achtgaben, dass sich keiner von beiden wehtat. Enja schmollte. Warum, sagte sie nicht.

Als es zu schneien begann, blies ich zum Aufbruch. Opa wollte bleiben. »Aber der weiße Regen … der ist doch ein … Gottesgeschenk«, klärte er uns auf.

Wortlos presste ich einen Schneeball zusammen und drückte ihm sein Gottesgeschenk in die Hand. »Okay?«

Daheim aßen wir die Reste vom Mittag, dazu Brot und zum Nachtisch jeder eine Reiswaffel. Opa schlief am Tisch ein. Ich brachte ihn ins Bett. Inno versorgte Flo, während Enja den Abwasch erledigte.

Später sahen wir fern. Eine Weihnachtssatire, die Mama gefallen hätte: Ein Radiosender lobt Einkaufsgutscheine für Bedürftige aus. Wer seine Armut am rührseligsten schildert, gewinnt fünfhundert Euro. Ein kleiner Junge meldet sich. Sein Vater sei tot, die Mutter krebskrank und er habe noch nicht einmal Geld, um seiner Mama ein Weihnachtsgeschenk zu kaufen. Die Moderatorin weint und mit ihr die ganze Nation. Geschenke treffen beim Sender ein, Hilfsorganisationen sagen Unterstützung zu, Kirchen widmen dem Kind ihre Weihnachtskollekte. In den Trubel platzt plötzlich die Nachricht, dass die ganze Geschichte erstunken und erlogen ist! Der Papa des Jungen lebt, die Mama erfreut sich bester Gesundheit. Sie ist niemand anderes als die Moderatorin selbst, die den quotenträchtigen Aufruf inszeniert hat …

Wenn ich mich recht entsinne, redeten wir den ganzen Abend kein einziges Wort. Nicht des Films wegen, sondern weil es nichts zu sagen gab. Mama war inzwischen zwei Tage fort. Wir wussten weder, warum sie gegangen war, noch, wohin – wir wussten nicht einmal, ob sie noch lebte.

Der gewünschte Gesprächspartner ist vorübergehend nicht zu erreichen.

Bitte versuchen Sie es zu einem späteren Zeitpunkt noch einmal.

Die halbe Nacht lag ich wach. Blut pochte durch meine zugeschwollene Nase, mein Kinn brannte wie Feuer. Ich sagte mir, dass Rocky weitaus härtere Schläge weggesteckt hatte, aber davon wurde es auch nicht besser. Vergeblich wartete ich auf die beruhigenden kleinen Seufzer meines Bruders. Offenbar konnte auch Inno nicht schlafen.

In meinen Wachträumen jagte ich als unsichtbarer Geist durch die Kulissen einer Armen-Show. Inno saß auf dem heißen Stuhl. Seine schwarzen Klamotten klebten schweißnass an seinem pummeligen Leib. Ich wollte ihn trösten. Aber meine Hand griff immer wieder ins Leere. Unweit von uns raschelte ein Vorhang. Gleichzeitig wandten wir uns um. Eine Hand schob den Stoff zur Seite, dahinter erschien ein Gesicht. »Papa!«, schrie Inno, doch das Gesicht löste sich einfach auf ...

Ich schrak hoch. Mein Blick streifte die Leuchtziffern des Radioweckers. Ich blinzelte. Halb vier? Benommen sackte ich aufs Kissen zurück. Inno seufzte leise. Hatte ich geschrien oder er? Oder hatte ich auch den Schrei nur geträumt?

Ich wälzte mich zur Seite. Schlafen, träumen ... Woher kannte ich das? Plötzlich glaubte ich Schritte zu hören. Ich hielt die Luft an. Jemand schlurfte an meinem Zimmer vorbei. Kein Traum! Eine Tür klackte auf. Ich schnellte aus dem Bett. Jagte hinaus. Das Licht in der Diele blendete mich. Die Wohnungstür fiel ins Schloss. Ich hechtete hinterher. Der Hausflur war dunkel. Ich klemmte die Fußmatte in die Tür, knipste das Licht an und beugte mich übers Geländer. Ein Stockwerk unter mir huschte eine dürre Gestalt vorbei. Bis auf einen Schal war sie nackt.

14

Opa kauerte in Mamas Sessel. Er zitterte noch immer. Ich hatte ihn in eine dicke Decke gemummelt und ihm einen Blasentee gekocht – der einzige Tee, den ich finden konnte.

»Ich bin müde«, brummte er.

Ich nahm seine Hand. »Trink, dann wird dir warm.«

»Kenne ich Sie?«

»Ich bin's, Sylvester.«

Seine Augen zuckten. »Sind Sie ein Freund meiner Tochter?«

»Auch.«

»Sil… Silvester? Aber das ist doch kein Name.«

Opa tauchte ab. Er schlürfte seinen Tee und starrte ins Leere. Ich streichelte seine Hand. Ich vermisste ihn.

Ich war sieben oder acht gewesen, als mich Opa beim Klauen erwischt hatte. Omas Portemonnaie lag offen auf dem Garderobentisch und ich konnte der Versuchung nicht widerstehen. Ich nahm einen Zehn-Euro-Schein heraus und wollte ihn gerade in die Hosentasche stopfen, als Opa plötzlich vor mir stand. Wortlos zupfte er mir das Geld aus der Hand, steckte es zurück in Omas Geldbörse, zückte seine eigene Brieftasche und drückte mir zehn Euro in die Hand.

»Frag, wenn du was brauchst.« Seine Stimme, auch daran erinnere ich mich, war ohne Vorwurf. »Nimm's dir nicht einfach.«

Nie wieder hat er ein Wort darüber verloren.

Nie wieder habe ich einen Menschen beklaut.

»Wissen Sie …« Opa sprach in seine Tasse. »… wissen Sie, was ich mag?« Er wartete meine Antwort nicht ab. »Bahnfahren, das mag ich!«

»Wir könnten ja morgen wieder mit dem Zug fahren«, schlug ich vor.

»Ja, ja, morgen, ja.«

»Und wohin? Wohin möchtest du fahren?«

Opa runzelte die Stirn. Bedächtig stellte er seine Tasse auf den Beistelltisch und kratzte sich hinterm Ohr. »Nach China«, erklärte er schließlich. »In China gibt es eine verbotene Stadt, wissen Sie das?«

China, ausgerechnet …

Letzten Frühling, Opa war gerade bei uns eingezogen, hatte Enja in einem ihrer Preisausschreiben eine Reise gewonnen – sieben Tage Peking, Chinesische Mauer, Shanghai, eine Reise für zwei, all-inclusive! Mama und Enja lagen sich in den Armen – eine Woche raus aus dem Schlamassel, Kaiserpalast, Verbotene Stadt, Vier-Sterne-Hotel, Gala-Büfett und alles umsonst!

Mama, dem plötzlichen Glück misstrauend, wagte sich an das Kleingedruckte und wurde fündig. Das Reisedatum fiel in die Schulzeit, die Flüge ließen sich nicht verschieben. Eine Woche schwänzen? Vielleicht hätte Mama sogar beide Augen zugedrückt – Omas Tod, Alex' Abgang, die Sorge um Opa, Enjas unkontrollierbare Wut – aber wie sollte das gehen? Auf Opa, Inno und Flo hätte ich aufpassen können, aber Mama hatte einen neuen Job, Probezeit, Urlaub ausgeschlossen. Enja fragte ihren Erzeuger. Der zeigte sich wie immer beglückt, von seiner Tochter zu hören – aber ein gemeinsamer Urlaub? Nein, ausgeschlossen, seine überaus wichtigen Geschäfte duldeten keinen Aufschub, ein andermal gerne, aber so kurzfristig, nein, beim besten Willen nicht, dafür habe sie doch sicher Verständnis …

Was blieb? Enja entschied sich für das Naheliegende: Sie würde sich das Geld auszahlen lassen und später verreisen. Mama war erleichtert. Sie schickte dem Veranstalter eine entsprechende Aufforderung, die dieser postwendend beantwortete: Eine Barauszahlung sei bedauerlicherweise nicht vorgesehen; auch lasse sich die Reise nicht auf andere Personen übertragen, man bitte um Verständnis … Enjas Verständnis allerdings war aufgebraucht. In der folgenden Nacht kratzte sie sich beide Beine blutig – einige Narben erinnern noch heute an ihren tollen Gewinn. Und Mama, Ironie der Geschichte, wurde noch vor Ablauf der Probezeit gekündigt.

Opa sang leise vor sich hin. »Drei Chinesen mit dem Kontrabass … saßen auf der Mauer und … und …«

»… auf der Straße und erzählten sich was, da kam die …«

»… da kam die …«

»… Polizei, na, was …«

»… was ist denn das? Drei Chinesen mit dem Kontrabass.«

Opa strahlte mich an. Tränen schossen mir in die Augen. Ich drehte mich weg.

»Wissen Sie, Bahnfahren, das mag ich …«

»Ich weiß«, antwortete ich, ohne ihn anzusehen.

»Aber wie können Sie das wissen?!«, empörte er sich.

»Opa?«

»Kenne ich Sie?«

»Opa.«

Seine Augen huschten über mein Gesicht. »Kennen wir uns denn?«

»Opa!«

Endlich berührte mich sein Blick.

»Junge?«

»Ich …«

»So?«

»… ich weiß einfach nicht mehr weiter.«

»Weiter, ja, ja, immer weiter.«

Nach zwei Tagen vergeblicher Suche hatte sich das überzählige Wort auch in mir festgesetzt. Ich war allein, fühlte mich im Stich gelassen, wusste nicht, wohin mit meiner Wut, mit meiner Ohnmacht, meiner Hoffnungslosigkeit. Mama war fortgegangen, Opa nicht. Opa war schon immer da gewesen, wenn ich ihn gebraucht hatte. Opa konnte zuhören wie niemand sonst auf der Welt. Opa wusste immer eine Lösung …

Ein Wort macht den Unterschied.

Einfach ist harmlos ist lösbar ist endgültig.

Ich redete und redete und ließ nichts aus. Ich erzählte von Mamas Abgang und von meiner Schuld. Ich berichtete von meinen Anrufen in den Krankenhäusern der Stadt und verriet den eigentlichen Grund unseres Ausflugs am Tag zuvor. Ich ließ Opa an meinen Schmerzen und meinen wirren Gedanken teilhaben und sparte am Ende auch meine größte Sorge nicht aus: dass sich Mama etwas angetan hatte, dass ich unsere Familie nicht mehr zusammenhalten konnte und dass wir, sollte uns wirklich nichts mehr einfallen, alle ins Heim mussten.

Ich war nicht bei mir. Ich sagte tatsächlich *uns*.

Sollte *uns* nichts mehr einfallen …

Als ich aufsah, war Opa eingeschlafen. Er saß zwar immer noch aufrecht im Sessel, aber seine Augen waren geschlossen. Sein Atem ging ruhig und gleichmäßig. Auf seinen Lippen ruhte ein Lächeln. Oder bildete ich mir das ein?

Wo bist du?

Was war geschehen? Was hatte unser empfindliches Gefüge aus dem Gleichgewicht gebracht?

Dieses Boot darf nicht kentern.

Nur wer sich an nichts festhalten kann, lässt sich treiben.

Ich erschrak, als sich Opa räusperte. Übergangslos begann er zu reden. Er redete, ohne die Augen zu öffnen.

»Zusammen…halt, ja, ja, nur wenn du nicht … so ohne Halt und ohne uns … Verstehst du, Liebes, wenn ich dich, verstehst du, wenn wir uns nicht hätten … du und ich und unser Kind, die kleine Rosie … Von nichts kommt nichts … Freunde, die uns in der Not … die schwere Not der Zeit, die Not der schweren Zeit, ja, ja … da … die uns lieben wissen ja, warum … warum, weshalb und wieso …«

15

Am Morgen war ich am Ende. Opa hatte mir die Augen geöffnet. Unsere Vorräte gingen zur Neige, meine Ideen waren aufgebraucht, von nichts kommt nichts, und in der Not helfen uns unsere Freunde.

Agi, mein bester Freund, hatte mir seine Hilfe angeboten, doch ich bezweifelte, dass mich sein Rat wirklich weiterbringen würde. Meine anderen Kumpel, Raymond X und DJ Schmitt, kamen als Krisenmanager ebenso wenig infrage – mit ihnen kann man zwar jede Menge Spaß haben, aber wenn's ernst wird, schalten sie ab oder werden albern. Sami hätte mir zugehört und möglicherweise sogar geholfen – aber ausgerechnet ihn hatte ein Zivilfahnder letzte Woche beim Dealen erwischt. Und Hermann, na ja, solange der mit Babsie rummachte …

Wenn du mal jemanden zum Quatschen brauchst …

Ich drückte die Wahlwiederholung.

The person you have called …

Ich wählte die Nummer von Bärbel Stern.

»Sylvester, wie schön«, meldete sich ihre rauchige Stimme, als habe sie meinen Anruf erwartet.

Ich fragte sie, ob ich im Laufe des Vormittags bei ihr vorbeikommen dürfe.

»Natürlich, jederzeit«, erwiderte sie, ohne nach dem Grund zu fragen. »Freue mich doch.«

Eine Weile blieb ich im Wohnzimmer sitzen. Draußen dämmerte es. Ich genoss die Stille, ließ meine Gedanken treiben und sah dem wirbelnden Schnee zu. Ich dachte an Mama und was aus uns wird, wenn wir sterben. Schnee? Regen? Irgendwo hatte ich gelesen, dass unser Körper zur Hälfte aus Wasser besteht. Wasser verdunstet. Entscheidet also nur die Jahreszeit, in was wir uns nach unserem Tod verwandeln?

Mein Magen meldete mir, dass es Zeit zum Frühstücken war. Die anderen schliefen noch. Ich ging in die Küche und sah nach, was unsere Vorräte hergaben. Der Kühlschrank kühlte ein Ei und anderthalb Liter Milch. Die Brotbox hütete zwei steinharte Krusten Graubrot. Die Vorratsschublade verdiente ihren Namen nicht mehr. Ich kochte Kakao, rührte Milchreis und Haferschleim, wärmte Milch fürs Müsli und brühte Opa und mir einen Filterkaffee auf. Schließlich deckte ich den Tisch, weckte Inno, überredete ihn, sich um Opa zu kümmern, und klopfte Enja und Flo aus dem Schlaf.

Später, als alle am Tisch saßen, bemerkte ich, dass ich für Mama mitgedeckt hatte. Wortlos trug ich ihr Geschirr zurück in die Küche.

»Ich hasse, hasse, hasse sie«, murmelte Enja in ihren Milchreis.

»Wen denn?«, fragte Flo.

»Geht dich nichts an.«

Zum Glück war wenigstens Opa bestens gelaunt. »Vorzüglicher Kaffee«, lobte er mich und schlürfte die Brühe so laut, dass ich ihm glaubte. Unterdessen beschwor Inno mich, sein Orakel, ohne Worte zwar, aber dafür umso eindringlicher.

»Ich geh gleich rüber zu Bärbel Stern«, verkündete ich. »Dann sehen wir weiter.«

»Is ja toll«, ätzte Enja.

»Hast du ’ne bessere Idee?«

»Ich hasse sie …«

»Sag das nicht.«

»Doch! Ich kann sagen, was ich will! Ich hasse sie! Sie ist eine Rabenmutter, das ist sie! Ich hoffe, sie ist tot!« Enja war aufgesprungen. Sie weinte. Blindwütig stieß sie ihren Stuhl zur Seite und rannte in ihr Zimmer. Die Tür knallte ins Schloss. Opa zuckte zusammen. »Was ist denn los?«

»Ein Fenster«, beruhigte ich ihn. »Der Wind, weißt du?«

»Der Wind, der Wind, das himmlische Kind.«

»Meinst du, Frau Stern kann uns helfen?« Inno sah an mir vorbei, als redete er mit Mamas Bild an der Wand.

»Zumindest kann sie uns Geld leihen.«

»Ich versteh das alles nicht«, murmelte Inno.

»Ich auch nicht.«

Nach dem Frühstück erzählte ich Opa, dass wir beide bei unserer lieben Nachbarin zum Tee eingeladen seien. Ich sah keinen anderen Weg. Enjas Impulse gerieten zusehends außer Kontrolle, Inno wandelte am Rande seines schwarzen Lochs. Wenn der Albtraum nicht bald ein Ende hatte, konnte ich für nichts mehr garantieren. Inständig beschwor ich Mama, endlich zu uns zurückzukehren.

Bärbel Stern erwartete uns an der Tür. »Wie schön, Sie endlich persönlich kennenzulernen«, begrüßte sie Opa. »Sylvester hat schon viel von Ihnen erzählt. Herr Pessoa, nicht wahr?«

»Schröder«, korrigierte Opa. »Edwin Schröder.« Sein Blick klebte an Bärbels Fingerstümpfen.

»Angenehm, Herr Schröder«, antwortete Bärbel. »Stern, Bärbel Stern.«

Sie führte uns in die Küche und bat uns Platz zu nehmen.

»Was ist mit deiner Nase?«, fragte sie mich.

»Das ist eine lange Geschichte.«

»Ich liebe Geschichten.«

Sie deutete mit der Schulter auf das blaue Päckchen neben dem Aschenbecher. »Bedien dich«, forderte sie mich auf und wandte sich Opa zu. »Und Sie, Herr Schröder? Rauchen Sie auch?«

Soweit ich wusste, hatte Opa nie geraucht, aber offenbar war ihm danach, etwas Neues auszuprobieren. Wortlos pickte er eine Gauloise aus der Packung und forderte mich stumm auf, ihm Feuer zu geben. Die ersten Züge paffte er. Dann spitzte er plötzlich seine Lippen und versuchte einen Kringel. »Jetzt du«, verlangte er. Ich hauchte den perfekten Ring. Als der Rauch auf ihn zu waberte, stieß Opa seine Zigarette hinein und freute sich wie ein Kind.

»Mögen Sie Schweine?«, fragte Bärbel.

Opa nickte belustigt. »Warum nicht?«

»Dann kommen Sie mal mit.«

Wir folgten ihr ins Wohnzimmer. Sie deutete auf einen großen Karton neben dem Sideboard und bat mich, diesen auf den Wohnzimmertisch zu hieven. »Öffnen Sie ihn ruhig«, forderte sie Opa auf. Er lupfte den Deckel und griff hinein. Staunend hielt er eine bernsteinfarbene Wildsau in der Hand. Er stellte sie vorsichtig auf den Tisch und holte nacheinander ein rosa Schweinskopf-Amulett, ein Badeschwein mit Schwimmreif sowie ein gläsernes Glücksschwein aus der Box. »Formidable!«, rief er auf einmal und klatschte in die Hände. Wie lange hatte ich dieses Wort nicht mehr von ihm gehört …

»Glaube, jetzt können wir reden«, hauchte Bärbel und lotste mich zum Sofa. Während ich mich ins Polster fallen ließ, hockte sie sich im Schneidersitz auf den Teppich. »Deine Mutter, was ist mit ihr?«

16

Armut ist ein Wort, das in unserer Familie keine Heimat hat. Arm sind die anderen, wir nicht. Solange Mama Arbeit hat, kommen wir einigermaßen über die Runden. Wenn nicht, gibt es halt Kartoffeln mit Erbsen oder Nudeln mit Ketchup. Hunger kennen wir nicht.

Dass wir tatsächlich arm sein könnten, dämmerte mir erst, als ich Bärbel von unserem Alltag erzählte, einem Alltag, der sich in ihrem eigenen Leben spiegelt.

Jeder Monat gleicht einer Ampel. Die ersten zwei Wochen leuchten meist grün – da ist hin und wieder selbst für einen Schokoriegel oder ein Überraschungs-Ei Geld übrig. Zur Monatsmitte springt die Ampel auf Gelb – von da an kauft Mama nur noch das Nötigste ein und legt den Rest beiseite. Bald flackert das rote Warnlicht auf – wenn noch Geld da ist, gut, alles andere wird auf den nächsten Ersten verschoben. Mama führt seit Jahren ein Haushaltsbuch, in das sie penibel alle Einnahmen und Ausgaben einträgt, nur um am Monatsende wieder festzustellen, dass sie noch mehr sparen muss.

Ausgeben kann man nur, was man hat.

Man kann noch so dämlich sein, nur rechnen muss man können.

Im Grunde dürften unsere Monate nur zwanzig Tage haben. Jeder weitere Tag ist eine Zumutung.

Kostenneutral nennen Politiker Maßnahmen, für die kein Geld da ist. *Kostenneutral* ist bei uns seit Jahren ein geflügeltes Wort. Karten- und Brettspiele beispielsweise sind *kostenneutral*, Bücher aus der Stadtbücherei, Kinofilme, die im Fernsehen wiederholt werden, Trinkwasser aus der Leitung, zuzahlungsbefreite Medikamente, Nachhilfe im Jugendhaus und der Bus zur Schule. Nach dem Schwimmunterricht ausgiebig zu duschen ist *kostenneutral*, im Winter in eine Decke gemummelt zu lesen ebenso. Daheim zu baden oder im Winter die Heizung aufzudrehen sind dagegen *kostenintensiv*. Essenstüten von der Tafel wiederum sind *kostenneutral* und Klamotten aus der Kleiderkammer. Urlaube, Klassenfahrten, Sportvereine und Geburtstagspartys sind *kostenintensiv*, selbst die Einladung zur Party eines Freundes, denn man braucht ein Geschenk und das gibt es nicht umsonst.

Früher habe ich mir manchmal gewünscht, langsamer zu wachsen. Jedes Mal, wenn ich neue Schuhe oder eine neue Hose brauchte, hatte ich ein schlechtes Gewissen. Inzwischen wachse ich kaum noch und habe mich mit den Sachen aus der Kleiderkiste arrangiert. Jeans und T-Shirt sind okay, die anderen tragen dasselbe. Ich vermisse nichts. Außer Ruhe. Ein eigenes Zimmer wäre schön.

»Für eure Mama ist das sicher furchtbar«, warf Bärbel ein. »Jede Mutter will doch das Beste für ihr Kind.«

Mama hat sich oft geschämt, so viel ist sicher. Allein ihre vielen Ausreden: Mal hatte sie ihr Portemonnaie vergessen, mal hatten wir es zu eilig, an kühlen Tagen war es zu kalt für ein Eis, an heißen Tagen zu heiß, Schokolade war unbekömmlich, wenn wir gerade gegessen hatten, und ungesund, wenn das Essen noch ausstand, und überhaupt: Mit Schnupfen oder aufgeschlagenem Knie sollte man auf gar keinen Fall naschen, weil … Später, als ihr die Ausreden ausgingen, blieben wir meistens daheim – auch an den Feiertagen und Wochenenden. Ich glaube, sie wollte uns und sich selbst weitere Eiscafés, Kioske, Dönerbuden oder Burger-Schmieden ersparen. Wir waren zwar darauf trainiert, uns *kostenintensive* Wünsche zu verkneifen, aber Mama fühlte sich trotzdem schuldig.

Das ist nichts für uns.

Das ist was für die anderen …

»Verstehe«, entgegnete Bärbel, »dann ist Weihnachten natürlich *der* Albtraum.«

Ja: Weihnachten, Geburtstag, Fasching, Geburtstag, Ostern, Geburtstag, Nikolaus, Geburtstag, Weihnachten …

Nicht dass einer von uns seine Wünsche laut ausspricht – das haben wir uns, Flo vielleicht ausgenommen, längst abgewöhnt. Selbst unser Taschengeld verdienen wir uns selbst, jeder auf seine Weise. Während Inno Flaschen sammelt und Enja ihr Glück im Internet versucht, greife ich in den Ferien die Jobs ab, die sonst keiner will. Mir egal, ob ich als Handy verkleidet über die Zeil laufe oder per Rikscha Touristen zum Museumsufer kutschiere, Hauptsache, die Kohle stimmt. Letzten Sommer habe ich sogar Geld fürs Nichtstun bekommen – vier Wochen lang habe ich tagaus, tagein am Städel angestanden und Picasso-Fans meinen Platz in der Schlange verkauft – Zeit gegen Geld.

Bärbel seufzte, während ihr großer Zeh mit ihrem Ohrring spielte. »Hat deine Mama denn keine Freundinnen?«, fragte sie.

Ich dachte nach, aber mir fiel niemand ein. Männer riefen bei uns an, ja, Typen, mit denen sie mal was hatte, oder solche, die grad scharf auf sie waren – aber Freundinnen? Früher, daran erinnere ich mich, hatte Mama Freundinnen gehabt, die uns hin und wieder besuchten oder mit denen sie sich im Park traf. Aber die hatten sich offenbar zurückgezogen, aus welchem Grund auch immer.

»Aus Rücksicht«, erklärte Bärbel, »die meisten ziehen sich aus Rücksicht zurück. Sie ertragen es nicht, dass du Verabredungen ausschlägst, weil du dir den Eintritt ins Theater oder den Cocktail auf der Sommerterrasse nicht leisten kannst. Sie würden dich ja einladen, aber sie möchten dich nicht in Verlegenheit bringen. Wenn sie dich bekochen, erwarten sie keine Gegeneinladung, aber sie wissen, dass du dich dazu verpflichtet fühlst. Was also sollen sie tun? Besser, sie verabreden sich nicht mehr. Das ist wohl für alle das Beste.«

»Mama hasst Mitleid«, bemerkte ich.

»Das kenne ich.« Bärbel verzog ihr Gesicht. »Mitleid und Ratschläge.«

Opa hatte inzwischen den ganzen Karton ausgepackt und die Schweine nach Farben und Größen sortiert. Er war ganz vertieft in seine Aufgabe. Seine Hingabe rührte mich.

»Ist denn in letzter Zeit etwas Besonderes geschehen?«, nahm Bärbel den Faden wieder auf.

Darüber zermarterte ich mir schon seit Tagen den Kopf. Tatsächlich erinnerte ich mich an einige Vorfälle, die allerdings schon Monate zurücklagen und denen ich keine entscheidende Bedeutung beimaß, weil sie sich in ein Muster fügten, das wir seit Jahren kannten.

Beispielsweise die Geschichte mit der Waschmaschine. Als Oma starb und Opa bei uns einzog, übernahmen wir deren Waschmaschine. Die beiden hatten sich erst vor zwei Jahren eine neue geleistet und unsere stammte aus einem anderen Jahrhundert. Doch schon nach wenigen Monaten hauchte die neue Waschmaschine ihr Leben aus. Einen Zuschuss zur Reparatur lehnte die Sachbearbeiterin vom Sozialamt ab. Solange Mama arbeitslos sei, habe sie schließlich Zeit, ihre Wäsche mit der Hand zu waschen.

»Schlampe!«, zischte Bärbel.

»Bitch!«, pflichtete ich ihr bei.

Oder die Geschichte mit Mamas Ausweis. DJ Schmitt hatte mir den Tipp gegeben, den »Frankfurt-Pass« zu beantragen. Mit dem erhielten wir alle Ferienkarten, die zum *kostenneutralen* Eintritt ins Freibad, in den Zoo und ins Museum berechtigten. Bei sechs Leuten lohne sich das, meinte DJ, der selbst fünf Geschwister hat. Mama und ich lasen im Internet nach, alles kein Problem, die Einkommensgrenze unterboten wir locker. Als Mama im Sozialrathaus die erforderlichen Unterlagen vorlegte – Hartz-IV-Nachweis, Meldebescheinigung, Mietvertrag – stellte der zuständige Sachbearbeiter fest, dass ihr Pass abgelaufen war. Mama meinte, sie brauche keinen Pass, denn Urlaube konnten wir uns ja eh nicht leisten. Das sah der Sachbearbeiter allerdings anders: Ihr Pass sei ja schon seit über einem Jahr ungültig, dafür sehe die Gebührenordnung ein Bußgeld in Höhe von fünfzig Euro vor. Fünfzig Euro! Drei Nachmittage lang habe ich bei Samis Vater Kisten geschleppt, ich war ja schuld, aber Mama weigerte sich strikt, das Geld anzunehmen.

Ist dein Pass abgelaufen oder meiner?

Ich hatte keine Chance. Mama kann ziemlich stur sein.

»Wie lang ist das denn her?«, wollte Bärbel wissen.

»Ein halbes Jahr.«

»Ich weiß nicht.« Bärbel stemmte sich aus dem Schneidersitz hoch. »Lass uns erst mal eine rauchen.«

Wir gingen rüber in die Küche. Ich öffnete das Fenster. Von der Autobahn wehten gleichmäßige Geräusche zu uns herüber, unterbrochen durch die lang gezogenen Seufzer der Raser.

»Fahren wieder«, bemerkte Bärbel.

»Weihnachten ist ja auch fast vorbei.«

Weihnachten, weiße Weihnacht … Wie oft hatte Mama davon geträumt! Als ob der Schnee die unbeschwerte Zeit ihrer Kindheit zurückbringen könnte, die Unschuld von einst, einen Tannenbaum voller Puderzucker, fein und süß. Weiße Weihnacht, heile Welt.

Wir rauchten. Ein paarmal blies ich Kringel, aber sie lösten sich gleich wieder auf.

»Was ist passiert?« Bärbel sah mich nicht an. »Denk noch mal nach: Hat sich deine Mutter in letzter Zeit verändert?«

Ich erzählte ihr von Alex. Von seinen Prügelorgien, Mamas

Erniedrigung, meiner Wut. Dass sie sich nach seinem Abflug nichts hatte anmerken lassen, sich gleichzeitig jedoch mehr und mehr zurückgezogen hatte. Im September hatte sie, die doch immer auf ihren Bürgerrechten bestanden hatte, zum ersten Mal in ihrem Leben eine Wahl ausgelassen.

Der Trog bleibt derselbe, nur die Schweine wechseln.

So hatte ich sie noch nie reden hören.

Wir kehrten zurück ins Wohnzimmer. Opa hatte damit begonnen, aus Scrabble-Steinen einen Zaun zu errichten, der die rosa Schweine von den andersfarbigen trennte.

Die *dunklen Tage*, vielleicht hatten sie Mama ja schon viel länger im Griff. Wann hatte sie das letzte Mal mit einem von uns gelacht? Wenn ich an früher denke … Damals war sie oft wie eine Verrückte hinter uns hergejagt, um uns durchzukitzeln oder aufs Bett zu schmeißen, hatte an Wochenenden mit uns Fußball gespielt oder Burgen gebaut oder Wasserschlachten veranstaltet, bis sie vor Lachen keine Luft mehr bekam …

Damals war sie selbst oft wie ein Kind gewesen.

Wann hatte das aufgehört?

Wird man mit dreißig erwachsen?

Oder hatte Alex das Kind in ihr erstickt?

Tatsächlich hatte sich Mama in den letzten Jahren verändert. Früher hieß es:

Bloß nicht lockerlassen!

Später nur noch:

Wozu weiterstrampeln?

Oder:

Wenn ich allein wäre, dann …

Das Unausgesprochene, das Unaussprechliche hing tagelang in der Luft.

»Keine Freundin, kein Nachbar, keine alte Bekannte, der sie sich anvertraut haben könnte?«

Offenbar war auch Bärbel mit ihrer Weisheit am Ende.

Ich schüttelte den Kopf. Dennoch ließ ich vor meinem geistigen Auge alle möglichen Kandidaten antreten, zuletzt sogar den Gemüsehändler, den Postboten und den Mann vom Paketdienst. Eine ehemalige Arbeitskollegin fiel mir ein, mit der hatte sich Mama aber schon vor Jahren verkracht. Ansonsten nur Männer …

»Vielleicht hat sie ja einen Neuen?«

»Weiß nicht. Spielt aber auch keine Rolle. Denk an ihren dramatischen Abgang. *Ich kann einfach nicht mehr …* Warum Lippenstift auf Spiegel?«

Freunde stehen füreinander ein. Gute Bekannte tun das. Manchmal auch Nachbarn. Uns hatte Mama beigebracht, Danke zu sagen, um die, die uns beschenken, in dem Gefühl zu bestärken, Gutes zu tun. Wann hatte sich das letzte Mal jemand bei Mama bedankt?

Vielleicht war ja gar nichts Besonderes passiert. Vielleicht war ihr bloß die Puste ausgegangen wie einem Marathonläufer, der nach vierzig Kilometern einfach nicht mehr kann. Ruhte sich Mama irgendwo aus, um Kraft zu sammeln? Oder hatte sie endgültig aufgegeben?

»Bleibt wohl nur eines«, erklärte Bärbel Stern und blitzte mich an.

»Und was?«

»Hellseherei!«

17

»Ein Hellseher?!« Meine Stimme war zu laut.

Opa sah erschrocken auf. Ein Schwein purzelte zu Boden. Ich hob die Hand, um ihm zu zeigen, dass alles in Ordnung sei, und wiederholte meine Frage im Flüsterton: »Ein Hellseher?«

Bärbel schürzte die Lippen. »Nicht irgendein Hellseher. T ist ein Genie.« Das letzte klang wie ein Reim.

»Ein Genie …«

»Ein Genie, ja.«

Ich sah sie fragend an.

»T ist blind und …« Bärbel zögerte. »… anders.«

»Anders?«

»Anders, ja. Besonders. Weder Mann noch Frau, eher beides, wenn du weißt, was ich meine.«

Die Wanduhr begann zu grunzen. Mein Blick wanderte zu Opa, der gerade mit seiner Hand in ein Topflappenschwein schlüpfte. Jemand lachte. *T ist ein Genie.* Ein heiseres, hysterisches Lachen. War ich das? Ich sah zur Uhr. Opa, Bärbel, wieder die Uhr. Der Sekundenzeiger flitzte hinter irgendeiner unsichtbaren Beute her. Unversehens fiel mir Enja ein.

»Wir müssen los«, sagte ich.

Bärbel rümpfte die Nase. Im nächsten Moment verzerrten sich ihre Züge und sie prustete los. »Solltest dich mal sehen«, gluckste sie. »Siehst aus wie Bruce Willis, als ihm endlich dämmert, dass sein kleiner Patient die Wahrheit spricht und er selbst längst tot ist. Weißt schon, ›Sixth Sense‹ …«

Ich kannte den Film, ja. Aber ich fühlte mich weder wie Bruce Willis noch wie Sylvester Stallone oder wie irgendein anderer idiotischer Schauspieler auf dieser idiotischen Welt. Wenn uns nichts Besseres mehr einfiel, als unser Schicksal in die Hände eines blinden Hellsehers zu legen, dann waren wir tatsächlich am Ende unserer Weisheit.

»Aber lass es uns doch wenigstens versuchen«, beharrte Bärbel, »wir haben doch nichts zu verlieren.«

O doch! *Ich* hatte sehr wohl etwas zu verlieren. Wenn herauskam, dass ich an Wahrsager, Kristallkugeln und den ganzen Mist glaubte, bräuchte ich mich weder in der Schule noch bei meinen Freunden jemals wieder blicken zu lassen. Ich wäre der Depp der Straße, wenn nicht der Depp des gesamten Quartiers!

»Das ist irre«, flüsterte ich.

»Das Leben ist irre«, erwiderte Bärbel.

»Mein Leben nicht.«

»Hör zu.« Bärbel lotste mich in die Küche, klemmte sich eine Zigarette zwischen die Zehen und wartete auf Feuer. »Erinnerst dich sicher an den Banker, der mit dem komischen Namen, der, der im Sommer gekidnappt worden ist?«

Klar erinnerte ich mich an den Typ. Wochenlang hatte es keine Nachrichtensendung gegeben, in der nicht über ihn, das Scheitern einer weiteren Lösegeldübergabe oder die Suche nach seinem Versteck berichtet worden war.

Aber was hatte der mit Mama zu tun?

»Warte.«

Bärbel zog an ihrer Kippe und blies den Rauch zum offenen Fenster hinaus. »Wie lange haben sie nach ihm gesucht? Ich müsste lügen, auf jeden Fall ziemlich lange. Wie viele Wälder haben sie durchkämmt, in wie vielen Flüssen nach seiner Leiche getaucht? Keine Ahnung, aber es waren einige. Und weißt du, wer ihnen am Schluss den entscheidenden Hinweis gegeben hat?«

»Dein Genie?«

Bärbel grinste. »T, ja.«

»Zufall.«

»Zufall, ja sicher«, wiederholte Bärbel spöttisch. »Dann hör mir mal zu: T hatte, bis sich die Polizei an ihn wandte, kein einziges Wort über den Fall gehört. T bleibt gern für sich, T liest, wie du dir denken kannst, keine Zeitung, und besitzt noch nicht einmal ein Radio! Die Polizei führte T in das Arbeitszimmer des Bankers. Was dort geschah, weiß niemand. Jedenfalls konnte T das Opfer auf einmal *sehen*. Den ausgetrockneten Fluss, die schweren Steine und das Gehölz, unter dem die Leiche begraben lag, den angrenzenden Wald mit Schneise, die dahinterliegende Kuhweide, den Anstieg, auf einer Anhöhe das Gehöft mit Herrenhaus und drei Ställen – es gab nur einen Ort in der Gegend, auf den die Beschreibung zutraf, und exakt an diesem Ort haben die Suchhunde das arme Schwein gefunden. Zufall? Das glaubst du doch selbst nicht!«

Ich wusste nicht, was ich glauben sollte, nur dass die Welt, wie ich sie kannte, in einem fort zerfiel. Nichts schien mehr gültig seit Mamas Verschwinden, warum sollten die bekannten Wahrscheinlichkeiten also weiter bestehen? Hatte ich nicht selbst erlebt, wie die Zeit stillstand, eine Ewigkeit schien das her, der Tag vor Heiligabend, die Nacht, als alles begann. In Augenblicken wie solchen sollte wohl auch der Blick in den Weltspiegel möglich sein, in dem die Vergangenheit mit der Zukunft verschmilzt. Ich erinnere mich nicht mehr, wo ich gelesen hatte, dass die Zeit in Wirklichkeit bloß eine große Illusion des Menschen ist, dem sie ein Nacheinander vorgaukelt, wo eigentlich nur Gleichzeitigkeit herrscht.

»Ich muss nach Hause«, sagte ich.

»Ja, ich weiß.«

Ich hoffte auf Inno. Er kannte sich mit dem Jenseitigen aus, er sprach doch mit den Toten. Enja würde schreien, das war klar, und sich in ihrer Auffassung bestätigt sehen, dass ich durch sei, gar, reif für den Kompost. Vielleicht war ich das ja, aber wenn schon …

Zum Abschied schenkte Bärbel Opa ein winziges Quarzferkel und lud ihn ein, jederzeit wiederzukommen – ihren Schweinen jedenfalls sei es nie besser ergangen. Opa freute sich über ihr Lob und ergriff sogar Bärbels Fuß, den er aber gleich wieder losließ, als sei es ihm peinlich. Mir versprach Bärbel, bei T schon einmal vorzufühlen, egal wie ich mich letztlich entschied.

»T hat ein großes Herz«, beteuerte sie, »und eine tiefe Seele.«

18

»Ein blinder Seher?«, schnaufte Enja. »Wie krank ist das denn?«

»Er sieht eben nach innen«, erklärte Innozenz mit ernster Miene. »Wenn einer blind ist, dann …«

»Schwachsinn!«

»… funktionieren seine anderen Sinne besser.«

»Seine anderen Sinne? Welche denn? Sag nicht …«

»Sein sechster Sinn zum Beispiel.«

»Schwachsinn!«

»Aber das gibt es …«

»Klar, du musst es ja wissen, Blindbacke!«

»Was ist eine Blindbacke?«, wollte Flo wissen.

»Guck dir deinen Bruder an«, ätzte Enja, »dann weißt du's!«

Als Inno aufsprang und Opa erschrak und Enja die Fäuste hob und Flo, unser Sensibelchen, zu weinen begann, ging ich endlich dazwischen – Sly, der Ringrichter.

»Hört mir jetzt alle mal zu!«, herrschte ich meine Sippe an und staunte, wie still sie plötzlich waren. »Wir müssen eine Entscheidung treffen! Wer eine Idee hat, bitte … Wenn keiner eine Idee hat, stimmen wir ab, ob wir zu T gehen oder nicht. Irgendwelche Fragen?«

»It's teatime, darling«, flötete Opa.

Ich sah zur Uhr. Kurz nach drei. Bärbel wollte bis vier anrufen. »Also«, wiederholte ich, »hat einer eine Idee?«

»Die Anna hat erzählt, dass ihre Mutter mal bei einer Wahrsagerin war«, begann Inno, ohne jemanden anzusehen, »und die hat sie dann gewarnt, dass sie auf keinen Fall bei ihrem Freund mitfahren soll, weil der nämlich einen Unfall haben würde, bei dem sie sterben würde, er aber nicht.«

»Anna? Welche Anna?« Enja suchte Streit.

»Ein paar Wochen später«, fuhr Inno unbeirrt fort, »hat

der Freund dann einen Unfall gehabt, die ganze Beifahrerseite war platt, aber ihm selbst ist nichts passiert.«

»Toll!«

»Wäre Annas Mutter mitgefahren«, schloss Inno, »wäre sie jetzt tot.«

»Welche Anna?«, echote Flo.

»Ist doch scheißegal«, erwiderte Inno genervt.

»Scheiße sagt man nicht«, mischte sich Opa ein.

»Dann eben kackegal.«

»Kackarsch! Kacka, Arsch!«

»Schluss!«, brüllte ich. »Lasst uns endlich abstimmen. Wer ist dafür?«

»Für was denn?«, wollte Opa wissen.

»Dafür, mit Bärbel zu T zu gehen.«

Opas Hand schoss als erste in die Höhe. Inno war auch dafür. Enja verschränkte demonstrativ die Arme. Offenbar lag es an mir, eine Entscheidung herbeizuführen. »Also gut«, sagte ich. »Wir haben schließlich nichts zu verlieren.«

Bärbel wartete vor dem Haus auf uns. Irgendwer hatte sich erbarmt und entlang der Häuser eine Schneise durch den Schnee gezogen. Opa winkte Bärbel zu, Flo staunte sie an.

»Warum hat die Frau denn so kurze Arme?«, krakeelte er.

»Weil ich ein Känguru bin«, antwortete Bärbel.

»Kannst du auch hüpfen?«

»Klar, aber nur im Sommer.«

T wohnte im Grauen Stein, einer Sackgasse zehn Gehminuten vom Cheruskerweg entfernt. Sein Name stand nicht an der Klingel. »T wohnt im Keller«, erklärte Bärbel, als sie die unterste Klingel drückte, »muss nichts dafür bezahlen, nur hin und wieder den Eigentümern des Hauses die Zukunft weissagen.«

»Im Keller ist es aber dunkel«, warf Opa ein.

»Macht nichts«, erwiderte Bärbel, »T braucht kein Licht.«

Der Türöffner summte. Wir traten ein. Licht durchflutete den Hausflur. Es roch nach Lavendel. Der weiße Marmorboden und das gelbe Messinggeländer glänzten um die Wette.

Bärbel führte uns eine Wendeltreppe hinunter, die in einen breiten Flur mündete. T erwartete uns am Ende des Gangs. Er lächelte leise. »Jugend und Weisheit, harmonisch vereint – ich bin entzückt!«

Wenn ich *er* sage, meine ich eigentlich *es*, denn tatsächlich ließ sich das Geschlecht unseres Gastgebers kaum bestimmen. T war groß wie ein Mann, hatte jedoch weiche, feine Gesichtszüge und eine glatte, haarlose, geradezu makellose Haut. Seine schwarzen, von silbrigen Fäden durchzogenen Haare waren zu einem langen Zopf geflochten, der ihm bis zur Taille reichte, und seine leeren Augen waren wie bei einem Pharao mit dickem Kajal geschminkt. T trug ein weites, schwarzes Gewand, dazu eine riesige Kette mit steinernem Amulett. Ich hätte nicht sagen können, wie alt er oder sie war. Möglicherweise um die vierzig, vielleicht auch viel älter.

»Kommt doch herein.« Auch seine sonore Stimme deutete weder auf ein bestimmtes Alter noch auf ein Geschlecht.

Der Raum, den wir betraten, war in ein gespenstiges Licht getaucht. Die einzige echte Lichtquelle, ein ausladender Kronleuchter, war mit bunten Tüchern verhängt, an denen bodenlange Perlenschnüre baumelten. Teppichartige Tücher verhüllten auch die Decke sowie drei der vier Wände. Die Stirnseite hingegen war mit seltsamen Figuren und Symbolen verziert. In der Mitte des Zimmers stand ein kleiner Tisch mit einer von innen beleuchteten Kristallkugel. Darum verstreut lagen bunte Kissen. T ließ sich auf eines nieder. »Setzt euch«, bat er. »Bevorzugen Sie ein Sitzmöbel, Herr Schröder?« Opa nickte stumm. »Dort drüben, Sylvester, wärst du so lieb.« T wandte sich mir zu, während sein Finger in eine Ecke des

Raums deutete. Ich stutzte. Mir war zunehmend unbehaglich zumute. Nicht weil der Blinde unsere Namen kannte, sondern weil er jederzeit zu wissen schien, wo genau wir uns befanden.

Als wir alle saßen, bildeten wir einen Kreis, den die Kristallkugel in ein silberblaues Licht tauchte. Flo starrte mit offenem Mund auf das runde Glas, Opa rutschte unruhig auf seinem Hocker herum, Inno wartete andächtig auf den Beginn der Séance, während Enjas Augen unablässig Giftpfeile abschossen, die in Hohn und Spott getränkt zu sein schienen.

Plötzlich begann T zu kichern, zunächst leise, dann immer lauter. »Ein schöner Hokuspokus, nicht wahr?«, gluckste er. »Budenzauber im Schummerlicht! Köstlich!« Vergnügt klatschte er in die Hände. »Das Beste ist die Kristallkugel, hab ich recht, Enja, eine Kristallkugel, ausgerechnet, was sollte ein Blinder wohl darin erblicken?!« Seine Glieder zuckten wie unter einem epileptischen Anfall. »Herrlich! Wollt ihr noch mehr? Bitte sehr! Wie wär's mit Tarot …« Unversehens hielt er ein Kartenspiel in der Hand. »… die Sonne, die Kraft, der Herrscher, der Narr und die Hohepriesterin …« Bei jedem Namen schnickte er eine Karte in den Raum. »Aber selbstverständlich sind die Karten der Großen Arkana an einem Ort wie diesem zu Hause.«

T hielt einen Augenblick lang inne. Mit einem weißen Tuch tupfte er sich die Augen trocken, ehe er mit leiser Stimme weitersprach. »Magische Zeichen, mystische Tiefen, Weihrauch und Kerzenlicht – die meisten Menschen fühlen sich wohler, wenn ich die Traumbilder ihrer Kindheit heraufbeschwöre. Sie glauben an Sternkonstellationen, Handlinien und Kaffeesatz, nicht wahr, und vertrauen einer Kristallkugel weit mehr als einem zweites Gesicht.«

Er kicherte leise und drehte sich leicht in meine Richtung. Wieso hatte ich ständig das Gefühl, dass er mich ansah?

»Lasst euch von dem Zierrat nicht beirren«, fuhr T fort, »erzählt mir lieber von eurer Frau Mama, Ihrer Tochter, von Rosie – ich spüre ihre Gegenwart, aber ich kann sie leider noch nicht sehen. Wenn ihr sie beschreiben wolltet, was fiele euch als Erstes zu ihr ein?«

Niemand erwiderte meinen Blick. Inno fixierte die Kristallkugel, Enja musterte den Teppich, Flo staunte Bauklötze.

»Auf meine Rosie lass ich nichts kommen«, meldete sich Opa plötzlich zu Wort.

Alle starrten ihn an.

»Rosie ist ein kluges Kind, das weiß, was sich gehört.«

T nickte ernst. »Danke, Herr Schröder, ein guter Beginn. Und ihr? Enja, was meinst du?«

»Sie weiß immer alles besser«, erwiderte meine Schwester.

»Innozenz?«

»Sie ist oft traurig.«

»Ja, das dachte ich mir.« T wandte sich mir zu. »Und du, Sylvester, was siehst du in deiner Mutter?«

»Meine kleine Schwester.«

Ich erschrak über meine eigenen Worte. Hatte ich das wirklich gesagt? Unauffällig schielte ich zur Seite. Opa nickte, Enja presste die Lippen aufeinander.

»Wie wahr, wie wahr«, bemerkte T leise, als ob er Mama tatsächlich kannte. Unvermittelt richtete er sich auf. Er lächelte. »Ich möchte eine Weile allein sein«, erklärte er bestimmt. »Wenn ihr etwas trinken mögt oder einem Bedürfnis nachgehen wollt, Bärbel kennt sich in meiner Wohnung bestens aus. Entschuldigt mich bitte …« Schon steuerte T die Längswand an, schob dort eines der Tücher zur Seite und verschwand in einem dunklen Schlund.

Stille breitete sich aus. Bärbel nickte mir zu.

»Ich bin doch nicht blöd«, begehrte Opa plötzlich auf. Er stemmt sich hoch, setzte sich aber gleich wieder. »Ich bin doch nicht blöd«, wiederholte er, ohne jemanden anzusehen. »Das wär ja noch schöner.«

Enja kicherte. Dann brach es auf einmal aus ihr heraus. Es schüttelte sie, bog sie, krümmte sie, sie bekam kaum mehr Luft, sie lachte und lachte und hörte gar nicht mehr damit auf. Noch nie hatte ich meine kleine Schwester auf diese Weise lachen sehen, so haltlos und unbekümmert wie an diesem Nachmittag in Ts mysteriösem Reich! Ihr zorniger Ernst, der starre Ausdruck ewigen Widerspruchs, der lauernde Protest – alles wie fortgezaubert. Von einer Sekunde auf die andere hatte sich Enja zurück in jenes rosige Mädchen verwandelt, das ich so lange schon vermisste.

Ihr Lachen war so unerhört, so unverkrampft, so unerwartet schön, dass alle darin einfielen. Wir lachten Tränen! Bärbel gluckste und gluckerte, Inno hielt sich den Bauch, Flo kreischte, was das Zeug hielt, und Opa, der vermutlich keine Ahnung hatte, dass er selbst der Auslöser für Enjas Heiterkeitsausbruch war, schlug sich immer wieder mit der flachen Hand aufs Knie.

Wie ein Geist tauchte T plötzlich in unserer Mitte auf. Seinen Mund umspielte ein wissendes Lächeln. »Wie schön«, sagte er, während er sich in einer fließenden Bewegung auf sein Kissen niederließ, »wie schön, wie schön, ich bin entzückt.« Er wartete, bis er unsere volle Aufmerksamkeit hatte, und sagte dann:

»Ich habe sie gesehen. An zwei Orten zugleich. In einem kleinen Raum so still wie ein Tempel. Und in einem großen Haus, wo sich Menschen um sie kümmern. Sie ist sich fremd. Offensichtlich spürt sie sich kaum mehr. Im Augenblick schläft sie. Schatten umflirren sie, Lichtschatten. Sie träumt. Im Traum hält sie die Schatten von sich fern. Solange sie sich fremd bleibt, ist sie geborgen. Sobald sie aufwacht, sollte jedoch jemand da sein, der sie auffängt, einer, den sie liebt.«

19

Die Nacht, die vierte ohne Mama, sie war sternenklar. Der Mond schob sich langsam aus unserem Sichtfeld, nur sein matter Schein blieb, eine verblassende Spur.

»Was glaubst du, wie es ihr geht?«, flüsterte Inno.

Seit Stunden hockten wir vor dem Wohnzimmerfenster und sprachen uns gegenseitig Mut zu. Enja war, jähe Müdigkeit vortäuschend, gleich nach Flo ins Bett gegangen, ich glaube, sie musste nachdenken, offenbar hatte T ihr Weltbild angekratzt. Opa indessen redete in einem fort und rannte kreuz und quer durch die Wohnung, bis ihn Stulle und Blasentee endlich ruhigstellten. Inzwischen schlief auch er.

»Natürlich geht es ihr gut«, antwortete ich, während ich weiter meinen Gedanken nachhing.

T hatte Mama *gesehen*, doch seine Äußerungen waren reichlich vage gewesen. Unsere bohrenden Fragen ließ er unbeantwortet – ob er nicht mehr sagen konnte oder wollte, blieb sein Geheimnis. Am Ende mussten wir uns damit zufriedengeben, dass Mama lebte und dass sich Menschen, wer auch immer, um sie kümmerten. Vorausgesetzt wir glaubten, was T *sah*.

Während wir in den Nachthimmel starrten und ich darüber nachdachte, warum und wohin Mama gegangen war, blitzte mit einem Mal eine Erinnerung auf, die ich vergessen oder verdrängt hatte, eine weitere Demütigung Mamas, eine Kränkung, die niemand vergisst.

Mama ist sparsam, das war sie schon immer, das musste sie wohl sein. Sie ist nicht geizig, aber sie achtet darauf, dass sie nur ausgibt, was sie besitzt. Soweit ich weiß, hat sie sich niemals Geld geliehen, weder bei Oma und Opa noch bei ihrer Schwester, selbst in der größten Not nicht, und auf den

Dispo ihres Girokontos greift sie schon gar nicht zurück, dafür sind ihr die Zinsen zu hoch.

Eines Tages jedoch, Opa war längst bei uns eingezogen, erhielt sie einen Anruf von ihrer Bank. Eine junge Mitarbeiterin mahnte, dass Mama ihr Konto über den Kreditrahmen hinaus überzogen habe und man sich daher leider gezwungen sehe, das Konto zu sperren. Mama blieb ruhig. Das könne gar nicht sein, offensichtlich liege ein Missverständnis vor, mehr als tausend Euro Schulden, das sei ganz und gar unmöglich, die Bank solle doch noch mal nachrechnen, ein Irrtum, wie gesagt, wahrscheinlich eine Verwechslung.

Die Bank rechnete nach, blieb aber bei ihrer Version: Alle Transaktionen seien korrekt verbucht worden, der Kreditrahmen sei ausgeschöpft und weitere Buchungen seien nicht möglich. Mama vereinbarte einen Termin. Was sie bei der Bank erfuhr, stürzte sie vollends ins Dunkel:

Ein Jahr zuvor war Oma gestorben. Ihrem Wunsch gemäß hatten wir sie in ihrem Heimatdorf im Schwarzwald beerdigt. Mama hatte mit einem ortsansässigen Bestattungsunternehmen einen Vertrag über die Grabpflege abgeschlossen. Genau ein Jahr später hatte das Unternehmen die angefallenen Kosten von Mamas Konto einziehen lassen und damit Mamas Kreditrahmen gesprengt.

Mama bat, Mama flehte, doch der Bankschnösel pochte auf die internen Statuten – ihr Konto blieb gesperrt. Ohne Girokonto jedoch war Mama gezwungen, ihre Hartz-IV-Bezüge persönlich bei der Arbeitsagentur abzuholen und die laufenden Kosten per Bareinzahlung zu begleichen. Ein Vierteljahr ging das so, bis sich eine Sparkassenfiliale ausgerechnet in Schwanheim erbarmte und für Mama ein neues Girokonto eröffnete …

Ich kann einfach nicht mehr …

Ich schloss die Augen. Versuchte mir Mamas Gesicht vorzustellen. Die Konturen verschwammen, nur ihr Blick sprach zu mir. Als ich meine Augen wieder öffnete, wischte gerade eine Sternschnuppe über den Himmel.

»Hast du gesehen?«, zischte ich. »Jetzt dürfen wir uns etwas wünschen.«

Inno antwortete nicht. Er schlief. Sein Kopf war nach vorn gesackt, sein Atem rasselte leise.

T hatte mich beim Abschied zur Seite genommen, um mich zu warnen: »Gib auf deine Gefährten acht. Einer wird versucht sein, eine Dummheit zu begehen, die die Suche nach eurer Mutter nur weiter verzögert. Ich sehe gleißendes Licht und aneinandergeschmiegte Menschen. Sei wachsam! Euer Schicksal liegt in deiner Hand.«

20

T raubte mir den Schlaf einer ganzen Nacht. Je länger ich über seine sogenannten Weissagungen nachdachte, desto mehr brachten sie mich gegen ihn auf – was sollte dieses Geschwafel, warum redete er oder sie oder es nicht Klartext?

Am Morgen war ich total gerädert. Inno dagegen sprühte vor Tatendrang. »Komm schon, Sly«, drängelte er, »steh endlich auf, Mama braucht uns, wir müssen ihr helfen!«

»Ja, wie denn? Wir wissen doch noch nicht einmal, wo sie ist.«

»Dann müssen wir eben nach ihr suchen.«

»Und wo?«

Innozenz ließ nicht locker. Abhängen sei assig, meinte er, und außerdem habe T gesagt, dass Mama schlafe und dass einer, den sie liebt, also einer von uns, bei ihr sein sollte, sobald sie aufwache. Also …

T nervte.

Um irgendetwas zu tun, wählte ich Mamas Nummer und ließ Inno mithören.

Der gewünschte Gesprächspartner ist vorübergehend nicht zu erreichen.

The person you have called is temporarily not available.

Bitte versuchen Sie es zu einem späteren Zeitpunkt noch einmal.

Please try …

Eine Tür knallte. Sekunden später fing Flo an zu kreischen. Enja brüllte irgendetwas von Hackfleisch, bevor ein Greis in Feinripp-Unterhose in unser Zimmer stürmte und uns anblaffte, wann es denn endlich Frühstück gebe.

Inno und ich sahen uns an. Situationen wie diese lassen mich für Momente alle Sorgen vergessen.

Nach dem Frühstück schlug ich vor, Memory zu spielen. Flo ist darin unschlagbar und feiert jeden Treffer wie das Siegtor in einem WM-Finale. Opa muss sich dabei so konzentrieren, dass er nichts anderes mehr wahrnimmt. Inno, Enja und ich hätten also Zeit, um die nächsten Schritte zu planen. Sly, der Stratege.

»Ein Haus, in dem sich Menschen um sie kümmern«, eröffnete Enja überraschend die Partie, »das kann doch nur ein Krankenhaus sein, oder?«

Inno strahlte. »Du glaubst also auch, dass T recht hat.«

»Gar nichts glaube ich«, erwiderte Enja barsch. »Aber was soll das sonst für ein Ort sein?«

»Nur dass wir schon bei allen Krankenhäusern angerufen haben«, gab ich zu bedenken.

»Bis auf eines«, entgegnete Inno.

»Bis auf eines, ja, eine Privatklinik, die sich Mama eh nicht leisten kann.«

»Aber du hast nach ihrem *Namen* gefragt«, warf Enja ein. »Was ist denn, wenn man ihren Namen gar nicht kennt?«

Natürlich hatte sie recht! Als ihr großer Bruder hätte ich selbst darauf kommen müssen. *Sie ist sich fremd*, hatte T gesagt. *Sie spürt sich kaum mehr*. Und: *Im Augenblick schläft sie*. Vielleicht hatte Mama ja Schlaftabletten eingeworfen, bevor sie uns verließ, wäre zumindest nicht das erste Mal. In diesem Fall war sie möglicherweise gar nicht ansprechbar. Also würde man, um ihre Identität festzustellen, wohl als Erstes in ihrer Handtasche nachsehen. Nach ihrem Personalausweis würde man darin allerdings vergeblich suchen – den ließ Mama nämlich aus Trotz zu Hause. Einen Führerschein besaß sie ebenso wenig wie eine Kreditkarte. Blieben EC- oder Krankenversichertenkarte. Wenn sie auch die nicht dabeihatte?

»Aber wir können doch nicht alle Krankenhäuser der Stadt abklappern«, sagte ich mehr zu mir selbst.

»Haben wir denn eine andere Wahl?«, hörte ich Innos Stimme. Er klang wie John Rambo kurz vor der Befreiung seiner geschundenen Kameraden aus einer afghanischen Folterkammer.

Ich starrte in die Runde. Flo hatte inzwischen einen ganzen Stapel von Kärtchen vor sich liegen. Er strahlte übers ganze Gesicht, während Opa von Runde zu Runde missmutiger geworden war. Unsere Blicke trafen sich. Jäh polterte er los. »Der schummelt doch!«, fauchte er und wischte alle Karten vom Tisch. Flo heulte auf. Ich fiel Opa in den Arm, der Flo offenbar eine Kopfnuss verpassen wollte. Inno zerrte unser Bambi weg, dessen kleine Füße nach Opa traten.

»Ich kotz gleich«, zischte Enja, blieb aber sitzen. »Wir teilen uns auf«, befahl sie. »Du und Opa, Inno und Flo, ich bin mein eigenes Team.«

Inno protestierte. »Vergiss es!«, murrte er, während er sich Flo über die Schulter warf. Ich wunderte mich über seine plötzliche Kraft und Entschlossenheit.

»Und was schlägst du vor, Schlaufurz?«, schnaubte Enja.

»Dass du das Monster hier über … Aaah! Spinnst du?!«

Inno ließ Flo fallen. Es gab einen dumpfen Schlag, während sich Inno schmerzverzerrt den Rücken rieb. Offenbar hatte ihn Flo gebissen. Der feixte ihn vom Teppich aus an.

»Dann geht ihr eben zu dritt!«, entschied ich. Zwar war mir nicht ganz wohl bei dem Gedanken, meine drei kleinen Geschwister alleine loszuschicken. Doch wir durften keine Zeit verlieren.

21

Bärbel hatte T bezahlt, uns Geld geliehen, um die nächsten Tage über die Runden zu kommen, und obendrein ihre Vorräte geplündert – »Zier dich nicht so, Sylvester, kaufst du beim nächsten Mal eben mehr ein, und jetzt geh endlich, deine Mama wartet auf euch!« Sie wäre wohl gerne selbst mitgekommen, doch ihr Rücken ließ keine längeren Laufstrecken zu.

Nach dem Mittagessen machten wir uns auf den Weg. Wir hatten zunächst sechs Krankenhäuser ausgeguckt, drei für jedes Team. Unser Plan war dürftig, aber auf die Schnelle war uns nichts Besseres eingefallen. Ausgestattet mit einem Foto von Mama wollten wir in den Kliniken nach einer Frau ohne Namen fragen, einer verwirrten Tante, die uns Weihnachten besuchen wollte, aber nie angekommen war. Ich hoffte, dass meine kleinen Geschwister kein Misstrauen erregen würden, und beruhigte mich damit, dass Enja nicht aussah wie zwölf, zudem schlau und nicht auf den Mund gefallen war. Opa bläuten wir ein, dass er ein Mann von Adel sei und sich entsprechend zu benehmen wisse, Graf Edwin von Schröder. Flo köderten wir mit der Aussicht auf eine Tafel Marzipanschokolade. Über unsere Handys wollten Enja und ich in Kontakt bleiben.

Als wir vor die Tür traten, hatte es wieder zu schneien begonnen. Der Himmel war in ein milchiges Grau getaucht, aus dem die Schneeflocken träge herabschwebten. Graf Edwin verlangte nach einem Schirm, also lief ich zurück und brachte ihm Mamas Knirps, einen Traum in Rosarot. Inzwischen hatten Enja und Inno eine Schneeballschlacht angezettelt, die ihren Höhepunkt erreichte, als Flo zwischen die Fronten geriet – sein Gebrüll hielt selbst den Rottweiler unseres rechtsradikalen Nachbarn auf Distanz.

In der *Engelsruhe* trennten sich unsere Wege. Während meine Geschwister mit dem Bus zur Höchster Klinik fuhren, nahmen Opa und ich den 59er zum Bahnhof. Dort stiegen wir um in die S 1 Richtung Hauptbahnhof, von wo aus wir mit der Straßenbahn weiter zum Uniklinikum wollten, dem größten Krankenhaus der Stadt.

Kaum saßen wir im Zug, rappte Jay-Z mein Handy.

»Was ist denn?«, schnappte ich.

»Sly?«

Stille. Stillstand. Stimmen, Klänge, Laute verstummten. Taub lauschte ich ins Nichts.

»Sly?«

Ich öffnete meinen Mund, doch kein Laut drang über meine ausgetrockneten Lippen. Vor meinen Augen flimmerten Farben, ineinanderlaufende Schlieren ohne Kontur. Zeit schmolz wie Schokolade, die anhaltende Lautlosigkeit schwoll an zu einem anmutigen Gesang.

»Ich bin's, Fiona.«

O süßer Wahn! Ihre Stimme, ja, ich hatte sie gehört, aber *sie* konnte es nicht sein. Der Gesang und die Farben und die tropfende Zeit – eine Täuschung, eine Fantasie, woher sollte sie meine Nummer kennen?

»Ich leg jetzt auf.«

»Nein!«

»Sly?«

»Ja.«

»Sly mit Ypsilon.«

»Ja.«

»Stör ich? Du klingst so weit weg. Ich kann auch spä…«

»Nein, du störst nicht, nein, im Gegenteil.« Die Stimme, die das sagte, krächzte schrill. Ich schluckte. »Wie …?«

»Woher ich deine Handynummer habe? Maria hat mir die Nummer deines Freundes gegeben, der, mit dem du hier warst, der mit dem komischen Namen. Er meinte, du hättest wohl nichts dagegen, wenn er mir …«

»Natürlich nicht, kein Problem.«

Noch so ein Spruch und sie würde auflegen. Ich holte tief Luft. Unser Zug verlangsamte seine Fahrt.

»Schön, dass du anrufst«, presste ich hervor. »Freut mich.«

»Hast du mich vermisst?« In ihrer Stimme schwebte ein Lächeln. »Na ja, ich dachte, wenn du Zeit hättest, könnten wir ja mal wieder zusammen eine Zigarette rauchen. Ich lad dich auch ein …«

»Sicher, ja«, entgegnete ich und biss mir auf die Lippe.

»Wie sieht's denn bei dir aus? Hast du Zeit?«

Blut schoss mir ins Gesicht. Opa kniff seine Augen zusammen.

»Jetzt?«

»Ja, warum nicht? Meine Schicht beginnt erst um sechs …«

Ich sah auf die Uhr. Mein Herz raste. Vom Hauptbahnhof waren es nur wenige Meter bis zum »Roten Haus«. In wenigen Sekunden würde der Zug halten. Eine solche Gelegenheit kam vielleicht nie wieder. Nur: Wohin mit Opa? Wenn ich Flo dabeigehabt hätte, ja, den hätte ich mitnehmen können – Sly, der große Bruder, »Wie süß!« Einen Hund wohl ebenfalls, der ließ sich für eine halbe Stunde notfalls irgendwo anbinden. Aber Opa?

»Kann ich dich zurückrufen?«

»Ja sicher, meine Nummer hast du ja jetzt«, antwortete Fiona und legte auf.

»Wer war das?«, wollte Opa wissen. Im Fenster tauchte der Messeturm auf und wurde rasch größer.

»Eine Freundin«, antwortete ich. *Denk nach!*

»Die Dame deines Herzens?« Opa zwinkerte mir zu.

»Ja, ja.«

Meine Gedanken überschlugen sich, kehrten aber immer

wieder zum Ausgangspunkt zurück: Entweder ich nahm Opa mit zu Fiona oder ich bat sie, unser Treffen zu verschieben. Endlich hatte ich mich für die erste Variante entschieden, als mir Opa unversehens die Hand aufs Knie legte.

»Weiß du«, sagte er, »als ich meine Cosima kennenlernte, war ich so alt wie du. Aber es hat, es hat, es hat beinahe zwanzig Jahre gedauert, bis wir ein Paar wurden. Zwanzig Jahre, kannst du dir das vorstellen?«

Mechanisch schüttelte ich den Kopf.

»Aber dann ging alles ganz fix: Hochzeit, Wohnung, Kind! Und die Rosie, die Rosie, die ist ja nun auch schon groß.«

Die Rosie …

»Du hast recht«, murmelte ich und kam mir schäbig vor. Ich wählte Fionas Nummer.

»Es geht nicht«, erklärte ich hastig, »ich muss meine Mutter finden, sie ist abgehauen und braucht meine Hilfe, aber wenn das alles hier vorbei ist, dann … dann würde ich dich sehr gerne wiedersehen, wenn du dann noch willst.«

Ich hörte Fionas Atem, stellte mir ihren Mund dabei vor, ihre Nase, ihre hellen Augen, die Feder in ihrem Haar, lauschte, bis sie ihr Schweigen endlich brach, ihre Stimme ein feenhafter Gesang: »Familie ist wichtig, ja, darüber gibt es nichts. Ich wünsche dir viel Erfolg bei deiner Suche, Sly – Sly mit Ypsilon – hasta pronto, du weißt ja, wo du mich findest.«

22

Ich hatte gerade aufgelegt, die Bremsen des Zuges quietschten, als mich Jay-Z erneut ans Handy rief.

»Ja?«

»Hey Alter, hat die Chica …?«

Ich stieß die angehaltene Luft aus. »Die Chica hat, ja.«

»Und?«

»Nichts und. Sly spielt grad Babysitter für alle.«

»Fuck!«

»So kann man's auch nennen.«

»Ich könnte die Süße trösten.« Agi schwitzte in den Hörer.

»Wenn du ein Freund wärst, würdest du vorbeikommen und mit Opa eine Runde um den Block drehen.«

»Shit, willst du mich umbringen?« Agi kicherte. »Sag schon, vermisst sie dich?«

»Lass stecken.«

»Komm schon!«

»Nicht jetzt. Muss meine Mum suchen.«

»Fuck. Hatte ich vergessen. Kann ich dir irgendwie helfen, Alter?«

»Kannst ja für mich beten.«

»Okay, ich zünd 'ne Kerze für dich an«, erwiderte mein Freund. »Oder zwei, um sicherzugehen. Meld dich!«

Opa hatte unser Gespräch belauscht.

»War *sie* das?«, wollte er wissen.

»Nein, bloß ein Freund.«

»Was für ein Freund?«

»Der mit der Hose, du weißt schon.«

»Der Kanake?«

»Genau der.«

»Und den lässt du für dich beten?«

Ich lotste Opa durch die Menge Richtung Ausgang. Schweigend fuhren wir die Rolltreppe hinauf. In der Bahnhofshalle legte mir Opa einen Arm um die Schulter. »Weißt du«, sagte er, »als ich meine Cosima kennenlernte, da war ich so alt wie du. Aber es hat …«

»… zwanzig Jahre gedauert, bis ihr ein Paar wurdet, stimmt's?«

»Woher weißt du das?«

»Weiß ich eben.«

An der Haltestelle machten sich zwei kleine Jungs über Opas rosa Schirm lustig. Ich zielte mit dem Finger auf sie, bis sie wegsahen.

In der Straßenbahn roch es nach Kotze. Wir flüchteten auf die hinterste Bank. Vor uns saß ein Mann mit Gipsarm, der sich vergeblich mühte, sein wimmerndes Handy aus der Tasche zu fischen.

Die Bahn hielt unmittelbar vor dem Universitätsklinikum. Ich hatte mich im Internet schlaugemacht und erfahren, dass es auf dem Gelände sechsundzwanzig Kliniken und ebenso viele Forschungsinstitute gab – eine Stadt in der Stadt. Ich hatte keine Ahnung, wie wir uns darin zurechtfinden sollten, hoffte aber, dass uns irgendwer helfen würde.

Als uns eine fliederhaarige Dame im Persianermantel entgegenkam, sprach ich sie an.

»Am besten, sie fragen bei der Besucherinformation nach«, erklärte sie freundlich und deutete auf ein Gebäude im Hintergrund. »Haus 23 C, durch den Haupteingang und dann immer geradeaus.«

Ich bedankte mich und wollte mich eben abwenden, als Opa einen Schritt vortrat und sich verbeugte. »Gestatten, Schröder«, erklärte er mit ernster Miene. »Graf Schröder.« Er zwinkerte mir zu. »Sie müssen wissen, unser Innozenz hier …«

»Sylvester«, korrigierte ich.

»Unterbrich mich nicht immer!«, herrschte er mich an, um zu der Dame gewandt ruhig fortzufahren. »Unser Innozenz ist nämlich auf der Suche nach der Dame seines Herzens.«

»Schon gut«, schaltete ich mich ein, »ich glaube kaum, dass das jemanden interessiert.« Ich nickte der Fliederhaarigen zu. »Einen schönen Tag noch und vielen Dank für die Auskunft.«

Haus 23 C war ein schicker Neubau mit spiegelnder Glasfassade und einem ausladenden Vordach. In der Nähe des Eingangs saßen vier junge Krankenschwestern, die rauchten und sich unterhielten. Als wir an ihnen vorbeigingen, verstummten sie plötzlich. Eine kicherte leise. Dann ertönte ein Pfiff. Opa wandte sich um, doch ich zog ihn weiter. »Wir beißen nicht!«, rief eines der Mädchen, woraufhin die anderen laut losprusteten.

Zum Glück schwang in diesem Moment die Glastür auf, die sich hinter uns wieder schloss. Drinnen war es still wie in einer Kirche. Opa bestaunte den Luxus. Tatsächlich glich die Empfangshalle der Lobby eines Nobelhotels. Von der Decke schwebte an schmalen Schnüren ein kunstvoll gestaltetes Gespinst aus Leuchtstoffröhren, deren Licht sich in den glänzenden, schwarzen Fliesen spiegelte. Unter einer schwebenden Rampe kräuselte sich ein von Lichtrahmen eingefasstes, sanft fließendes Gewässer.

Wir durchschritten die Halle bis zur zinnoberrot leuchtenden Stirnfront, vor der sich eine milchglasverkleidete Empfangstheke erstreckte. Von den drei Serviceplätzen war zwar nur einer belegt, doch wir mussten nicht lange warten.

»Wie kann ich Ihnen helfen?«

Die Dame hinter der Theke war um die fünfzig, rotblond und pausbäckig. Über den Rand ihrer halbrunden Brille blickte sie uns freundlich an.

»Wir haben ein ungewöhnliches Anliegen«, begann ich, die Worte wählend, die ich mir zuvor zurechtgelegt hatte.

»Eine Tante von mir, die Tochter meines Großvaters, wollte uns eigentlich Weihnachten besuchen kommen. Wie wir erfahren haben, ist sie auch in den Zug gestiegen, aber nie bei uns angekommen …«

»Waren Sie schon bei der Polizei?«, wollte die Empfangsdame wissen.

»Ja«, log ich. »Aber der Beamte meinte, dass man erst nach meiner Tante fahnden könne, wenn ein begründeter Verdacht auf ein Unglück oder ein Verbrechen bestünde.«

»Typisch.« Die Dame hinter dem Pult schnaufte verächtlich. »Wie heißt Ihre Tante denn?«

»Das ist es ja«, begann ich »Unter ihrem Namen ist sie in keinem Krankenhaus registriert. Wir haben überall angerufen. Deshalb dachten wir …« Ich zögerte. »Manchmal nimmt meine Tante Tabletten ein oder sie …« Ich imitierte eine Trinkbewegung. »Sie wissen schon … Meine Tante ist nämlich oft … sehr traurig.« Endlich schob ich Mamas Porträtfoto über den Schalter. »Meinen Sie …?«

Die Frau nahm das Bild und betrachtete es eingehend. »Ihre Tante ist um die dreißig, habe ich recht?«

Ich nickte.

Sie tippte in ihren Computer. »Weihnachten, sagten Sie?«

»Ja, Heiligabend oder später.«

»Patienten ohne Identität, wir nennen sie No-Names, werden fast täglich bei uns eingeliefert. Um Weihnachten herum waren es, wie ich sehe, fünf. Zwei davon weiblich. Die Kollegen in der Notaufnahme können Ihnen sicher Auskunft geben. Eine Treppe runter, dort hinten, sehen Sie? Dem Eintrag nach befinden sich noch beide Patientinnen im Klinikum, die eine hier im Gebäude, die andere in der Gastroenterologie.«

Ich bedankte mich und lenkte Opa ins Souterrain. In der zentralen Notaufnahme empfing uns ein hagerer Typ Ende zwanzig. Mit Blick auf Opa fragte er nach *unseren* Beschwerden. Opa wollte schon ausholen, aber ich unterbrach ihn und wiederholte, was ich der Empfangsdame erzählt hatte. Ich zeigte ihm Mamas Foto.

Er warf einen kurzen Blick darauf. »Tut mir leid. Ist erst mein zweiter Tag hier.« Er schüttelte den Kopf. »Ich wäre schon froh, wenn ich wenigstens meine Kollegen auseinanderhalten könnte. Aber warten Sie.« Er griff zum Telefon und tippte eine Nummer ein. »Kayla, ja, Torsten hier, hättest du eine Minute Zeit? Hier sind zwei Herrschaften, die benötigen eine Auskunft. Natürlich, klar, mach ich.« Er blickte auf. »Meine Kollegin kommt sofort. Wenn Sie sich so lange setzen möchten, dort drüben …«

Als wenig später eine junge Frau auf uns zukam, erkannte ich sie als eine jener Krankenschwestern, die uns vor dem Eingang angemacht hatten. Mit ihren zurückgekämmten, weißblonden Haaren, ihrem Nasen-Piercing und ihren tätowierten Unterarmen ähnelte sie Pink, allerdings war sie deutlich jünger. In ihren Mundwinkeln nistete ein Lächeln. »Wie kann ich euch helfen?«

»Wissen Sie«, setzte Opa an, bevor ich einschreiten konnte, »mein Enkel sucht die Dame seines Herzens.«

Pinks Mund verzog sich zu einem breiten Grinsen. »Ist das so?«, fragte sie und sah mir direkt in die Augen.

Mir brach der Schweiß aus. »Mein Opa ist …« *Ein Depp. Ein Spasmo. Ein Vollhorst.* »… ein Witzbold.« Ich holte Luft. »Wir suchen meine Tante. Sie wollte uns Weihnachten besuchen, ist aber nie bei uns angekommen.« Ich hielt ihr Mamas Foto unter die Nase. »Wir haben Angst, dass sie Tabletten genommen hat, weil sie häufig depressiv verstimmt ist, und dass sie vielleicht ihren Namen vergessen hat oder …«

»Depressiv verstimmt«, wiederholte Pink mit spöttischem Unterton. Sie nahm das Foto und betrachtete es. »Nein, kenne ich nicht«, erklärte sie. »Aber ich helfe hier auch nur aus.

Normalerweise bin ich auf der Inneren. Wie wär's, wenn wir einfach nachsehen? Kommt mit.«

Wir folgten ihr durch eine Glastür in die Notaufnahme. *Eingriff 1*, las ich. Hinter einer Tür zischte es. Opa erschrak. Ich hakte mich bei ihm ein. Wir bogen um eine Ecke und passierten eine offen stehende Tür. »Unser Kuschelnest«, meinte die Blonde und deutete hinein. Der Raum war voll verkachelt mit Abfluss in der Mitte. Im Vorübergehen erhaschte ich einen Blick auf ein Schild mit der Aufschrift *Ausnüchterung*. »Hier entlang.« Pink führte uns durch einen weiteren Flur und blieb vor einem Zimmer stehen. »Hier liegen unsere Akutfälle. Drei der Patienten sind Frauen. Keine Ahnung, ob eine von ihnen eine No-Name ist. Aber das lässt sich ja schnell feststellen.«

Sie öffnete die erste Tür. Mein Herz pochte. Ich steckte meinen Kopf durch den Spalt. In meinem Rücken spürte ich Opas pfeifenden Atem. Ein einzelnes Bett, darin eine schlafende Frau. Sie öffnete die Augen. Ich nickte ihr zu, bevor ich meinen Kopf wieder zurückzog.

»Die ist es nicht.«

Im nächsten Zimmer lagen zwei Patientinnen. Die erste starrte mich an. Ihr linkes Auge war zugeschwollen. Sie hatte nicht die geringste Ähnlichkeit mit Mama. Die andere wandte uns den Rücken zu. Ihre Haare waren glatt und braun.

»Darf ich?«, flüsterte ich und deutete hinein. Pink nickte.

Ich ging um das hintere Bett herum. Die Patientin schlief. Sie hatte Mamas Alter und Mamas Haar. Aber auch sie war es nicht.

Als ich auf den Flur trat, weinte Opa. Vielleicht erinnerte er sich an seine Cosima. Oder ihn bedrückte die Atmosphäre. Ich nahm ihn in den Arm, hakte mich bei ihm ein und folgte der Blonden hinaus.

»Tut mir leid«, sagte sie.

»Danke trotzdem«, antwortete ich. Mir fiel ein, was die Empfangsdame über die andere Frau ohne Namen gesagt hatte. »Kannst du uns sagen, wo wir die Gastrolo…«

»Gastroenterologie.«

»… ja, wo wir die finden?«

»Klar. Kommt mit.« Ihr Blick zielte wieder genau in meine Augen. »Ich bin Kayla. Wie heißt du?«

»Sly.«

»Wie schreibt sich das?«

»Ess, Ell, Ypsilon.«

»Sly. Hab ich irgendwo schon mal gehört.«

23

Wir waren gerade im Foyer und bewegten uns auf den Ausgang zu, als Opa jäh stoppte und wie ein Irrer zu schreien begann.

Seine Augen waren weit aufgerissen, seine Gesichtszüge verzerrt, eine Hand hielt er schützend vor sich, während die andere, den Schirm umklammernd, wild um sich schlug, als müsse er sich gegen ein tollwütiges Rudel Hunde wehren. Ich trat einen Schritt auf ihn zu, um ihn zu beruhigen, und fing mir einen Schlag auf mein eh schon lädiertes Kinn ein. Jetzt schrie ich auch. Mein Gebrüll jedoch stachelte Opas Wahn nur weiter an. Er tobte und spuckte und polterte – unser beider Schreie hallten durchs Foyer, bis ich mich aufs Flehen verlegte, was aber auch nicht half, niemand schritt ein, die Gaffer nicht, weder Arzt noch Pfleger, auch Kayla zauderte, deren Augen meine eigene Hilflosigkeit spiegelten.

So blitzartig Opas Anfall begonnen hatte, so abrupt endete er auch. Er sackte in sich zusammen und verstummte. Ich ging auf ihn zu, aber er streckte seinen Arm aus und hielt mich so auf Distanz. Er wimmerte leise, seine Augen flatterten.

»Ich bin doch bei dir«, flüsterte ich, »niemand tut dir was. Sag schon, wovor hast du Angst? Wenn du …«

»Still!«, unterbrach er mich. »Sie kann uns doch hören.«

»Wer kann uns hören?«

»Die Bestie.«

Mit zitterndem Zeigefinger deutete er auf die schwarzen Fliesen wenige Meter vor ihm, die das Gespinst der Leuchtstoffröhren reflektierten.

Ich verstand. »Dann schleichen wir uns einfach zur anderen Seite davon«, schlug ich vor.

Opas Kopf ruckte hin und her. »Nein, lass mich!«

»Aber wieso denn nicht?«, beharrte ich. »Die Bestie ist doch angekettet, sie kann uns nicht folgen.«

»Das Meer.« Opas Kopf zuckte nach links. »Es wird uns alle verschlingen.«

Ich folgte seinem Blick. Da war nichts. Oder doch ... Meinte er das Wasserspiel unter der Schwebe, den angedeuteten Fluss?

Kayla wagte sich einen Schritt auf Opa zu. »Ich habe eine Idee«, flüsterte sie. Opa starrte sie an. »Ich kenne einen Geheimgang. Wir tauchen einfach unter der Bestie durch. Kommt mit.«

Opa zögerte. Misstrauisch beäugte er, wie sich Kayla Schritt für Schritt dem Treppenabsatz näherte. Als sie ihren Fuß auf die oberste Stufe setzte, schoss er plötzlich hoch und eilte ihr hinterher. Ich folgte den beiden. Auf der Treppe, wenige Stufen von der Notaufnahme entfernt, hörte ich, wie jemand »Bravo!« rief und die Menge unseren Abgang beklatschte.

Kayla schleuste uns durch ein Gewirr von Gängen, bis wir an eine schwere Eisentür gelangten.

»Danke«, sagte ich, während sie aufschloss.

»Schon okay.«

Über eine kleine Treppe gelangten wir ins Freie.

»Das ist die Innere.« Kayla deutete auf das gegenüberliegende Gebäude. »Meine eigentliche Station. Die Gastro findet ihr im ersten Stock.«

»Danke noch mal«, wiederholte ich.

»Wenn ich sonst noch etwas für dich tun kann ...« Sie strich mir über den Arm. Die Art, wie sie mich ansah, jagte mir einen Schauer über den Rücken. »Viel Glück noch.« Sie streckte Opa dic Hand entgegen. Der zögerte erst, nahm dann aber statt der Hand das ganze Mädchen und drückte es an sich. Als er Kayla wieder losließ, lächelten beide.

24

»Alle Wetter!«, tönte Opa, während wir die Treppe in den ersten Stock von Haus 11 A hochschlichen. Er schien bester Laune zu sein. »Wenn ich so jung wär wie du …«

»Bist du aber nicht!«

»Wie …?«

Ich schob ihn eine Stufe höher.

»*Wenn* du so jung wärst wie ich, würdest du nicht so kriechen und wir wären hier längst wieder weg!«

»Aber …«

»Kannst du nicht einmal still sein?«

Er zuckte zusammen. Ich sah, wie seine Hand das Geländer umklammerte.

»Schon gut«, schob ich nach.

Er würdigte mich keines Blickes.

»Ist mir so rausgerutscht!«

Stumm wandte er sich ab.

»Verdammt, wieso musst du auch überall deinen Senf dazugeben?!«

Ich sah, wie er zitterte. Hitze kroch mir den Nacken hoch und versengte meine Kopfhaut. Was war mit mir?

»Opa!«

Ohne zu reagieren, schleppte er sich weiter die Treppe hoch. Ich überholte ihn und verstellte ihm den Weg.

»Tut mir leid, hörst du?«

Reglos starrte er an mir vorbei. Ich berührte seine Hand, aber er schüttelte mich ab wie eine lästige Fliege.

Ich ließ ihn in Ruhe. Früher hätte er meine Entschuldigung angenommen, heute konnte er stundenlang schmollen.

Oben angekommen entdeckte ich eine Tafel mit einem Pfeil, der uns in einen weiteren Flur lockte. Ich folgte ihm bis zum Ende und wandte mich nach links. Die ganze Zeit über trottete Opa hinter mir her wie ein beleidigter Kater.

Ich spürte Kaylas Berührung auf meinem Arm.

Wenn ich sonst noch etwas für dich tun kann …

Verdammt!

An sich steh ich weder auf Pink noch auf weißblonde Haare und schon gar nicht auf Arme voller Tattoos, ein Nasen-Piercing ist okay, wenn es kein Ring ist, an dem man beim Küssen hängen bleibt, ein Ring wie der von Kayla, *Kayla*, was war das überhaupt für ein Name!

Ich ging weiter. Ihr Blick brannte in meinen Augen. Ihr Lächeln nistete auf jeder Wand, in jeder sich spiegelnden Scheibe: spöttisch und herausfordernd, anzüglich und heiß.

Wir stießen auf eine gläserne Tür. Darüber ein Schriftzug – *Gastroenterologie.* Ich las das Wort, ohne es zu verstehen. In meinem Rücken hörte ich Opa husten. Ich schloss die Augen. Versuchte mich zu konzentrieren. Rief die Sätze auf, die ich auswendig gelernt hatte. Ich hörte jemanden lachen. Die Stimme klang wie die Fionas. Ich sah sie. Ihre Blicke verschmolzen mit denen Kaylas. Agi schob sich ins Bild. Er grinste. Ich riss die Augen auf. Nein! Kein *Fuck, Alter*, kein Schnalzen, nein, ich war nicht er, *ich* hatte mich unter Kontrolle …

Wenn ich sonst noch etwas für dich tun kann …

Plötzlich schwang die Tür vor uns auf. Eine Frau im weißen Kittel rauschte an uns vorbei. Nach wenigen Schritten blieb sie stehen und wandte sich um.

»Kann ich Ihnen helfen?«

Ihr Blick wanderte von Opa zu mir und wieder zurück.

Opa räusperte sich. »Sehr freundlich«, erwiderte er und trat einen Schritt auf sie zu. »Ja, doch, sehr freundlich.«

Die Frau, offenbar eine Ärztin, sah ihn erwartungsvoll an. Sie hatte ein rundes Gesicht mit Stupsnase und Kulleraugen, zu denen das kurz geschnittene, grau melierte Haar nicht so recht passen wollte.

»Suchen Sie jemanden?«, erkundigte sie sich, da Opa keine Anstalten machte fortzufahren.

»Meine Tante«, antwortete ich statt seiner. Erleichtert registrierte ich, dass sich mein Steuer-Ich zurückgemeldet hatte. »Sie ist verschwunden. In der Notaufnahme sagte man uns, dass hier eine Patientin ohne Namen läge.«

»Hat man Sie von dort hierhergeschickt?«, wollte die Ärztin wissen.

»Ja«, log ich.

»Gut, dann kommen Sie mal mit.«

Sie betätigte einen Schalter und huschte mit wehendem Kittel durch die aufschwingende Tür. Ich zog Opa hinter mir her. Am Stationszimmer hielt sie inne, wechselte einige Worte mit einer Schwester und bedeutete uns, ihr zu folgen. An der vorletzten Tür blieb sie stehen und klopfte leise. Gemeinsam traten wir ein. In einem der Betten lag eine Frau, die uns feindselig anstarrte. Sie war mindestens zwei Zentner schwer und hatte kaum Haare auf dem Kopf.

»Nein«, raunte ich.

»Tut mir leid«, antwortete die Ärztin.

»Mir auch«, zischte die Dicke, »und jetzt schert euch gefälligst zum Teufel!«

25

Ich hasse es, wenn Leute in der Vergangenheit herumstochern und sich oder der Welt weismachen wollen, dass ihr Leben anders verlaufen wäre, wenn sie sich damals, nur dieses eine Mal, anders entschieden hätten. Was wollen sie uns damit sagen? Dass jede verdammte Entscheidung schicksalhaft ist, endgültig und unwiderruflich? Loser glauben an Schicksal, Greise an eine göttliche Vorsehung. Ich nicht. Ich vertraue mir selbst: Ich entscheide. Ich büße. Ich stehe wieder auf.

Müßig also, darüber nachzudenken, was geworden wäre, wenn ich an diesem Nachmittag nicht der Versuchung nachgegeben hätte, wenn wir weitergezogen wären, wenn ich Enja angerufen oder Opa mit einem Blasentee ruhiggestellt hätte.

Ich traf Kayla in der Notaufnahme. Sie erwartete mich. Sie hatte gewusst, dass ich kommen würde, und sie wusste warum.

»Gleich«, raunte sie mir zu, »ich beeil mich.«

Ich platzierte Opa auf einen Stuhl in Sichtweite des Tresens und beschwor ihn, sitzen zu bleiben, bis ich zurück war. Er sah mich nicht an. Ich hockte mich vor ihn und wiederholte eindringlich, worum ich ihn bat, doch meine Worte drangen nicht zu ihm durch. Ich kannte diesen Zustand an ihm und machte mir deswegen keine Sorgen, im Gegenteil, Opa konnte Stunden so dasitzen, länger, als wir benötigen würden.

Keine Viertelstunde später war Kayla wieder da. Sie wechselte einige Worte mit dem Mann am Empfang und winkte mich zu sich.

»Wann wollen Sie den Beitrag veröffentlichen?«, fragte sie gerade so laut, dass ihr Kollege mithören konnte.

»Nächste Woche«, erwiderte ich aufs Geratewohl, bevor wir hinter der Glastür verschwanden.

»Hab ihm erzählt, dass du für die *Rundschau* schreibst«,

erklärte Kayla, während sie mich denselben Flur entlanglotste, den wir bereits eine Stunde vorher gegangen waren. »Eine Story über die Notaufnahme und die außergewöhnlichen Menschen, die hier arbeiten.« Sie lachte.

Vor der Ausnüchterungszelle blieben wir stehen.

»Hier?«, fragte ich ungläubig.

»Die Suiten sind leider belegt«, antwortete sie schmunzelnd. »Außerdem wird niemand misstrauisch, wenn diese Tür abgeschlossen ist.«

Sie schob mich hinein. Ich drehte mich einmal um mich selbst. Weiß gekachelte Wände. Pissgelbe Bodenfliesen. Mittig ein Abfluss. In der Ecke ein Stehklo aus Metall. Deckenfluter. Keine Fenster. Über der Heizung eine Wanduhr. Eine Bodenerhebung, rechteckig, ein flaches Podest aus weiß-gelben Fliesen. Darauf, verrutscht, eine blaue Matratze …

Mit einem Mal spürte ich Kaylas Hände unter meiner Jacke, unter meinem Pullover, unter meinem T-Shirt, ihre Finger auf meiner Haut, ich hörte ihren Atem, ich roch sie, ich spürte sie überall, ihr Gesicht, ihre Hände, ihre Haut, ihre Haare, ihren Mund, ihre Zunge …

Wäre die Uhr nicht gewesen, die Momentaufnahmen zu Beginn und danach, ich hätte geschworen, dass wir Lichtjahre in dieser Zelle verbrachten, dem *Kuschelnest*, sie hatte gewusst, dass wir hierher zurückkehren würden, ich erkannte ihren Plan, während wir einander umklammerten, während die Zeit schmolz, während sie mir ewige Lust versprach und Unsterblichkeit. Während sie mich festhielt, mich barg, mich vergessen ließ, was war und was sein würde, mich befreite, mir vergab, mir gab, wonach ich mich so lange schon sehnte.

Tatsächlich waren es nur sieben Minuten, die mir wie sieben Stunden erschienen oder wie sieben Jahre, in der Zeitkapsel selbst und danach, als wir auseinandergingen, Glanz in den Augen, ihr Duft in meinem Haar, lachend, ohne ein Wort.

26

Als ich die Notaufnahme verließ, saß Opa noch immer dort, wo ich ihn zurückgelassen hatte. Zumindest bildete ich mir einen Augenblick lang ein, dass er es war, und winkte ihm sogar zu, aufgekratzt und glücklich, bis er sich mir widerwillig zuwandte. Sein Blick stach mir ins Auge. Ein böser, düsterer Blick, der Blick eines Fremden, der lediglich da saß, wo Opa sitzen sollte.

Angst kroch mir den Nacken hoch. Sekundenlang stand ich starr. Der Empfang war verwaist, der Wartebereich ebenso. Bis auf den Fremden, dessen boshaftes Antlitz mich auf Distanz hielt. Kayla war in der Notaufnahme, ich hätte klingeln müssen, doch wie sollte sie helfen?

Ich rannte die Treppe hinauf in die Halle. Eine Familie kam mir entgegen, die Kinder sahen neugierig auf, am liebsten hätte ich sie angeschrien – aus dem Weg! –, aber ich beherrschte mich, rannte weiter, zum Ausgang und wieder zurück, suchte die Galerie ab, nichts, sah in den Gängen nach, nichts, hinter den Säulen, auf der Toilette, spähte dort unter jede Tür, nichts, hastete hinaus zum Vorplatz, ums Haus herum, zurück in die Halle …

Am Wasser hielt ich inne. Rang nach Atem. Über mir baumelte ein Schild. *Kein Trinkwasser*. Opas Anfall fiel mir wieder ein. Seine Panik. Nein, hierher hatte er sich sicher nicht gewagt. Vielleicht war er im Untergeschoss. Gab es einen Aufzug?

Ich raste zurück. Der Mann mit den stechenden Augen hatte sich in Luft aufgelöst. Dafür war der Empfang wieder besetzt. Eine Frau mit Hornbrille runzelte die Stirn, als ich kurz vor ihr abbremste.

»Wo brennt's denn?«, fragte sie unwillig.

»Mein Opa! Ich suche meinen Opa«, erwiderte ich außer Atem, »vorhin war er noch hier, aber jetzt ist er weg.«

»Beruhigen Sie sich, junger Mann. Vor einer Minute hat sich eine Schwester Ihres Opas angenommen. Er wollte zu seiner Frau, nicht? Ihre Oma?«

»Nein, nicht der!«, erwiderte ich heftig und war mir im selben Moment bewusst, wie idiotisch ich wirkte. »*Der* Mann war nicht mein Opa. Mein Opa ist älter. Außerdem trägt er einen Hut und einen rosa Schirm …«

»Einen rosa Schirm?«

»Verdammt!«

Ich ließ sie sitzen und schoss in den Flur, durch den uns Kayla vor einer Stunde geführt hatte. Der Flur gabelte sich wieder und wieder, ein Labyrinth aus Irrwegen und Sackgassen, leer, düster, unwirklich. Einmal sprang eine Tür auf, der ich gerade noch ausweichen konnte, eine Frau schrie mir irgendetwas hinterher, erschrocken, wütend, dann war es wieder still. Ich lief und lief, bis mir die Puste ausging, strandete, hastete zurück, die nächste Wand, die nächste Sackgasse, dann, endlich, die eiserne Tür, aber sie war verschlossen, wie auch sonst, ich brüllte, aber niemand antwortete.

Ich weiß nicht mehr, wie lange ich da unten saß, den kalten Stahl im Rücken, Zeit hatte längst jede Bedeutung verloren, als mich Jay-Z aus meinen Gedanken riss.

»Ich katz gleich ab!«

»Was?«

»Deine Brüder gehen mir abartig auf den Sack!«

»Waas?«

»Die stressen einfach.«

»Die stressen?«

»Der eine ist voll komatös, der andere zickt nur rum. Ich kann nicht mehr. Tu was!«

»Opa …«

»Hä?«

»Opa ist …«

»Was ist mit Opa?«

»Er ist weg!«

»Weg?«

»Verdammt! Ja, er ist weg! Abgehauen! Verschwunden! Auf und davon!«

Enja verstummte. Ich hörte sie schlucken und stellte mir vor, wie sie Inno und Flo mit flatternden Blicken zu verstehen gab, dass etwas passiert war, etwas Schlimmes, ihr Kopfschütteln, als Inno den Mund öffnete, ein Räuspern, dann …

»In einer Stunde sind wir da«, erklärte sie. »Wo bist du?«

Ich sagte es ihr.

»Gut. Bleib, wo du bist. Allzu weit kann er ja nicht gekommen sein.«

27

Noch einmal kämmte ich jeden Winkel des Gebäudes durch, wanderte durch Flure, öffnete Türen, blickte in Krankenzimmer, Aufenthaltsräume, Büros, Schwesternzimmer und Abstellräume, selbst in die Damentoilette wagte ich mich – umsonst.

Ohne Hoffnung lief ich das Mainufer ab, rannte in die eine, dann in die andere Richtung, spähte abwechselnd zur Straße und hinunter zum Fluss, erkundete das gegenüberliegende Ufer und sah hinter den Bäumen und Sträuchern nach. So verzweifelt war ich, dass ich im Schnee nach Fußspuren suchte – als ob ich Opas Stiefelabdrücke tatsächlich unter Tausenden wiedererkennen würde – Sly, der Apache!

Schließlich hockte ich mich auf einen der Betonpoller unters Vordach, zündete mir eine Zigarette an und wartete auf meine Geschwister. Ich hatte es versaut! Statt meine Familie zusammenzuhalten, hatte ich zugelassen, dass sie zerbrach. Inständig betete ich, dass die Polizei Opa aufgreifen möge, bevor Schlimmeres geschah. Tatsächlich: Sly, der Gottlose, sandte Stoßgebete an die Götter, deren Allmacht und Güte er im Augenblick tiefster Verzweiflung anzuerkennen bereit war.

Als ich meine Geschwister auf mich zurennen sah, schossen mir Tränen in die Augen. Wortlos nahmen wir uns in den Arm. Ich erstattete Bericht, ohne Kayla zu erwähnen. Ich erzählte, dass Opa ausgebüxt sei, während mich ein Pfleger zu den namenlosen Patientinnen der Notaufnahme geführt hätte. Enja und Inno gaben sich damit zufrieden. Keiner von beiden machte mir einen Vorwurf. Nie fühlte ich mich ihnen näher als in diesem Moment.

Enja schätzte meine Gemütslage richtig ein und übernahm die Initiative. »Los geht's! Wir teilen uns wieder auf.«

Ihr Optimismus tat mir gut. Wir vereinbarten, das Gelände systematisch zu durchforsten. Wir würden jede verdammte Straße abgehen, in jedem einzelnen Gebäude nachsehen und jeden Kittelträger ansprechen, der irgendwo Dienst schob. Ein alter Mann mit rosa Schirm, zumal einer, der sich Gott und der Welt als leibhaftiger Graf vorstellte, musste doch auffallen! In einer Stunde wollten wir uns wiedertreffen. Wenn wir Opa bis dahin nicht gefunden hätten und auch keinen Hinweis auf seinen Verbleib, dann würden wir zur Polizei gehen und Vermisstenanzeige aufgeben – am besten gleich zwei.

Schuldbewusst lud ich mir Flo auf die Schulter und bot an, das Gelände östlich der Gleise zu übernehmen, die den Gebäudekomplex durchschnitten. Dort gab es zwar weniger Häuser als im westlichen Teil, dafür jedoch war das Gebiet umso weitläufiger. Enja und Inno willigten sofort ein, und auch Flo schien erleichtert, sich für kurze Zeit auf den Schultern seines großen Bruders ausruhen zu dürfen.

Ich folgte der Mainuferstraße bis zum äußersten Gebäude, in dem die Hochschulambulanz untergebracht war, wie ein Schild am Eingang verriet. Die Informationsbeauftragte schüttelte bedauernd den Kopf. Nein, ein älterer Herr sei ihr nicht untergekommen, schon gar keiner mit rosa Schirm, aber ich könne ja mal bei der psychiatrischen Ambulanz schräg gegenüber nachfragen, dort gebe es zudem eine Kaffeestube, die an frostigen Tagen wie heute beliebt sei.

Tatsächlich war das kleine Café rappelvoll. Dabei verströmten weder das grelle Neonlicht noch die Plastikmöbel wohlige Wärme. Meine Blicke huschten durch den Raum, blieben aber nirgendwo hängen. Zur Sicherheit sahen wir noch auf der Toilette nach, aber dort war Opa auch nicht.

An der Besucherinformation der psychiatrischen Klinik trafen wir auf ein Männlein mit Rollkragenpullover, Schnauzbart und Seitenscheitel, das mich gar nicht erst zu Wort kommen ließ. Ohne Punkt und Komma belehrte er mich, dass wir bei ihm leider falsch seien, da sich die Kinderpsychiatrie im Gebäude nebenan befinde, gut ausgeschildert, also nicht zu verfehlen, zugänglich von der Deutschordenstraße aus, gegenüber dem DRK-Blutspendedienst, wie gesagt, nicht zu verfehlen, wenn wir also so nett wären, uns dorthin zu bemühen …

Drei-, viermal setzte ich an, seinen monotonen Singsang zu unterbrechen, doch jedes Mal wedelte er meine Wortmeldungen einfach weg, ja, rückblickend glaube ich sogar, dass meine Einwände ihn nur in seiner Überzeugung bestärkten, dem begriffsstutzigen, wenn nicht debilen Teenager den rechten Weg weisen zu müssen.

»Also noch einmal«, wiederholte er, »diesmal zum Mitschreiben: Ihr geht …«

»Fick dich!«

Schnauzbart zuckte so heftig zusammen, dass ihm eine Strähne seines akkurat gescheitelten Haars in die Stirn rutschte und seinen maskenhaften Zügen einen beinahe menschlichen Ausdruck verlieh. Während er sie reflexhaft zurückstrich, beäugte er mich wie ein zum Sprung bereites Reh, das vom Scheinwerferlicht geblendet auf der Stelle verharrt. Sekunden vergingen, in denen mir allmählich dämmerte, wie blöde es war, ausgerechnet an einem Ort wie diesem auszurasten, wo hinter jeder Tür ein bulliger Pfleger lauerte, der nur darauf wartete, einen wie mich einsacken zu dürfen. Also packte ich meinen völlig entgeisterten Bruder und raste hinaus. In meinem Rücken vernahm ich die hohe, sich überschlagende Stimme des Schnauzbarts, der sich meine unflätigen Beschimpfungen ausdrücklich verbat.

Wir rannten ins Haus nebenan und verbarrikadierten uns auf der Toilette. Während ich durch ein schmales Fenster den Platz vor dem Gebäude im Auge behielt, erklärte ich Flo die drei goldenen Regeln des Spiels:

Sei furchtlos!

Halt still!

Gehorch deinem Bruder, egal was passiert!

Eine Viertelstunde harrten wir aus. Endlich verließen wir unser Versteck. Im Flur kramte ich mein Handy heraus, um Enja anzurufen. Ich hatte gerade das Verzeichnis aufgerufen, als hinter uns eine tiefe Stimme erklang.

»Kann ich Ihnen vielleicht helfen?«

Ein stattlicher Mann mit grauschwarzem Vollbart und Silberhaar nickte uns von der Treppe her zu.

»Ich glaube, wir sind falsch hier«, erwiderte ich rasch.

»Wo wollen Sie denn hin?«

»In die zentrale Notfallambulanz.«

Der Bärtige lächelte wohlwollend. »Da sind Sie tatsächlich falsch. Hier befinden wir uns im Institut für Sexualwissenschaft. Die Notfallambulanz ist in Haus 23 C untergebracht. Gehen Sie zurück auf die Straße, halten Sie sich rechts, dann geradeaus, über die Gleise bis zu dem eingerüsteten Hochhaus. Der Neubau dahinter ist es, die Notfallambulanz finden Sie im Untergeschoss.«

Ich bedankte mich und eilte hinaus. Kaylas Schatten verfolgte mich. Ich rief erneut Enjas Nummer auf, aber sie kam mir zuvor.

»Wir haben ihn!«, keuchte sie. »Oder auch nicht. Am besten, ihr kommt sofort her!«

28

Hatte Opa geblufft? Lachte er sich ins Fäustchen? Wollte er sich an mir rächen? War er am Ende cleverer als wir alle zusammen?

Immerhin wussten wir jetzt, wo er *nicht* war.

Ein Bauarbeiter hatte ihn gesehen. Er war, wie er Enja und Inno erzählte, in seiner Pause zum Main spaziert, um mit den Resten seiner Brotzeit die Enten zu füttern. An der Haltestelle habe ihn ein alter Herr angesprochen, dessen Schirm sich nicht öffnen ließ. Natürlich sei er ihm gleich zur Hand gegangen, obwohl es gar nicht mehr schneite, aber, nun ja, ein alter Herr mit einem rosa Knirps, da sei wohl Erste Hilfe Bürgerpflicht! Peinlich sei ihm nur gewesen, wie überschwänglich sich der Herr bei ihm bedankt habe. Er habe ihn sogar umarmt! Zum Glück sei in diesem Moment die Straßenbahn gekommen, in die sich der alte Herr mit aufgespanntem Schirm hineingezwängt habe.

»Wann war das? Was für eine Linie? Welche Richtung?«, hakte ich nach.

Enja hatte dem Bauarbeiter dieselben Fragen gestellt und erstaunlich konkrete Antworten bekommen: »Kurz nach drei. Tram 21. Richtung Innenstadt.«

Natürlich ist es irrsinnig, in einer Stadt wie Frankfurt nach einem Greis zu suchen, der sich nur durch die Farbe seines Schirms von anderen Greisen unterscheidet. Dennoch machten wir uns augenblicklich auf den Weg. Ich redete mir ein, dass Opa an einer Station ausgestiegen war, die er kannte, wovon es auf der 21er-Route nicht viele gab, eigentlich nur eine, den Hauptbahnhof.

Vom Uniklinikum bis zum Hauptbahnhof ist die Straßenbahn exakt acht Minuten unterwegs, also nur eine Minute länger, als mein Abenteuer mit Kayla gedauert hatte, an das ich mich schon kaum mehr erinnerte, überhaupt liefen die letzten Stunden und Tage ineinander wie Ölschlieren auf nasser Straße. Unser Trip durchs »Rote Haus«, Mamas Abschied, Innos Ausbruch, Alex, Bärbel, T – die Zeit verwischte wie die Gesichter um mich herum, alles geriet durcheinander, Fiona und Kayla verschmolzen zu einem türkisfarbenen Lächeln, Mama und Opa zu einer weißen Vision, der dunkle Fluss, die verblassende Skyline, der graublaue Himmel über der Stadt, die spiegelnde Scheibe, darin der Schemen eines Gesichts, das meine Züge trug, das ich aber nicht kannte …

Am Bahnhof stiegen wir aus. Mein Blick schweifte über den Platz, schwebte hinauf zur Büste des Atlas, der die Welt trug, dessen Rücken sich jedoch bedenklich krümmte; was, wenn er seine tonnenschwere Last nicht mehr halten konnte und die grüne Kugel hinabstürzte? Ich trieb meine Geschwister an, wischte ihre Einwände fort, bis wir unters schützende Dach der Vorhalle tauchten.

»Spinnst du? Lass mich!«, zischte Enja. »Knallst du jetzt völlig durch? Verrat mir lieber, wie wir in diesem Irrenhaus irgendjemanden finden sollen!«

Wir standen eng beieinander, eine Boje inmitten eines brodelnden Meers. Menschen hasteten vorbei, schleiften Kinder oder Koffer hinter sich her, Rollen und Absätze klackerten über den Stein, Wortfetzen schwirrten durch die Luft, ein Betrunkener schrie einen anderen Betrunkenen an, der Lautsprecher kratzte, dann eine Ansage, irgendwo quietschten Bremsen, vom Eingang her segelte eine Taube auf uns zu und landete vor einem Papierkorb, die B-Ebene spuckte eine Gruppe schnatternder Rentner aus, ein Kind kroch durch die Halle, die Mutter schlich hinterher, ein Banker brüllte in sein Handy, eine lesende Frau wandelte traumsicher durch die Menge – so viele Menschen, so viele Gesichter, Enja hatte recht, wo, verdammt, sollten wir anfangen zu suchen, es gab keinen Anfang, kein Ende, nur Menschen, Menschen, Menschen …

Als mich Innos Blick traf, Mamas Augen so ähnlich, verstummten die Stimmen, verwischten die Klangspuren und ich sah mit einem Mal klar:

Opa konnte nicht weit gekommen sein. Entweder er hatte sich im Strom der an- und abreisenden Menschen verloren und irgendwo Unterschlupf gefunden, möglich, dass er jemanden angesprochen und um Hilfe gebeten hatte. Oder … aber ja!

Mit Schwung warf ich mir Flo über die Schulter und stapfte ohne weitere Erklärungen los. Inno und Enja folgten. Durch den Südausgang gelangten wir wieder hinaus. Ich wandte mich nach links, eilte an der Schranke vorbei um die Ecke …

Tatsächlich campierten die Punks noch immer da, wo wir sie vor meinem Fight mit Alex getroffen hatten. Sie waren zu fünft. Zwei Typen mit Iro, Nasenschmuck und Nietenjacken hockten in ihre bunten Decken gewickelt auf dem Bordstein, tranken Cola und rauchten selbst gedrehte Zigaretten. Unweit von ihnen lehnte ein Mädchen an einer Laterne, das sein grell geschminktes Gesicht der Sonne zuwandte. Ein Pärchen, beide nur wenig älter als Enja, bettelte eine Frau an, die am Automaten ihr Ticket löste. Der Hund, der Opas Hand geleckt hatte, vertilgte die Reste eines Spar-Menüs, das irgendwer am Aufgang zur Markthalle entsorgt hatte.

Ich steuerte auf die Irokesen zu, warf als Zeichen meines guten Willens eine Zwanzig-Cent-Münze in ihre leere Pappschachtel und fragte sie, ob ihnen in letzter Zeit ein alter Mann mit rosa Schirm untergekommen sei.

Der eine grinste blöd. »Biste schwul oder was?«

Ich pickte meine Münze aus der Schachtel und spuckte hinein. Als der Clown aufsprang, stieß ich ihn zurück.

»Du Wichser!«, brüllte er, blieb aber auf Distanz. Er tat gut daran. Von seinem Kumpel hatte er keine Hilfe zu erwarten, der grinste bekifft, während das geschminkte Mädchen weiter zum Himmel träumte.

Ich bohrte meinen Blick zwischen seine Augen und hoffte, dass er mir einen Anlass gebe, mich an ihm abzureagieren. Er ließ es.

»Was war denn?«, wollte Inno wissen.

»Hab sie nach Opa gefragt«, erwiderte ich.

»Die?«

»*Die* haben einen Hund. Opa mochte ihn.«

»Und?«

»Der Typ wollte Stress.«

»Was hat er denn gesagt?«

»Egal, lass uns verschwinden!«

Vom Bahnhofsvorplatz näherten sich zwei Stadtsheriffs. Sie hielten direkt auf uns zu.

Als ob ich's geahnt hätte, sprang der Clown plötzlich auf und ruderte wild mit den Armen. »Komm doch her, du Opfer!«, brüllte er.

Ich warf ihm eine Kusshand zu und überließ ihn den Cops.

29

In der Markthalle roch es nach Pommes und Leberkäse. Mir knurrte der Magen. Flo jammerte, dass wir ihn verhungern ließen. Also kaufte ich ihm mit meinen letzten fünfzig Cent beim Bäcker ein Brötchen und erkundigte mich bei der Bedienung nach der Bahnhofsmission.

Wir mussten nicht weit laufen. Die Mission befindet sich direkt am Gleis 1. Ein Vorraum mit Empfangstheke, dahinter zwei Schreibtische, rechts ein gemütliches Café mit drei Tischen, von denen nur einer besetzt war. Eine grauhaarige Frau mit Brille und leuchtend blauer Weste – Schwester Veronika, wie ihr Namensschild verriet – begrüßte uns freundlich und fragte uns, was sie für uns tun könne.

»Wir suchen unseren Opa«, erklärte ich unumwunden. »Er hat sich allein auf den Weg gemacht, und wir glauben, dass er am Bahnhof gestrandet sein könnte.«

»Gestrandet?«

»Ja, unser Opa ist …«

»… vergesslich«, half mir Enja.

»Hat er Alzheimer?«

»Das wissen wir nicht«, antwortete ich. »Jedenfalls machen wir uns Sorgen, weil er sich allein nur schwer zurechtfindet.«

Schwester Veronika bat uns, Platz zu nehmen, und deutete auf die Getränketheke. »Saft? Wasser? Oder lieber einen Tee?«

Die sanfte Stimme der Helferin, ihre liebenswürdige Art, die heimelige Atmosphäre um uns herum – ich fühlte, dass nun alles gut würde.

»Wie sieht er denn aus, euer Herr Großvater?«, wollte Schwester Veronika wissen, nachdem sie uns mit Apfelsaft und Früchtetee versorgt hatte.

»Groß, hager, weiße Haare, spitze Nase«, antwortete ich. »Er trug, als er verloren ging, einen langen, braunen Mantel, einen Hut und einen rosa Schirm.«

»Ein rosaroter Knirps, ja, der ist lustig, gell?« Schwester Veronika lachte auf. »Aber dass er vier Enkelkinder hat, hat er mir nicht verraten. Nur mit der Ruhe …« Schwester Veronika breitete ihre Arme aus und zwang uns zurück auf unsere Sitze. »Ja, er ist hier, Graf Schröder, nicht wahr?« Sie zwinkerte uns zu. »Offensichtlich bedurfte er einer kurzen Erholung, nicht wahr? Durchaus üblich an einem überreizten Ort wie diesem.«

»Wo ist er denn?«, wollte Inno wissen.

»Im Raum der Stille«, erwiderte die Schwester. »Da finden unsere Gäste für eine Weile Muße zur Besinnung.« Sie erhob sich. »Ich werde mal nach ihm sehen, einverstanden?«

Sie verschwand, kam jedoch nach wenigen Augenblicken wieder zurück. »Er schläft«, erklärte sie lächelnd. »Er ist tatsächlich im Sitzen eingeschlafen. Vielleicht ist es besser, wenn ihr ihn nicht alle auf einmal aus seinen Träumen holt, was meint ihr?« Ich folgte ihr allein. Im hinteren Teil der Räumlichkeiten war es düster und still. Leise öffnete Schwester Veronika eine Tür und ließ mich eintreten. »Lasst euch ruhig Zeit«, flüsterte sie. »Zeit ist das Kostbarste, das wir an einem Ort wie diesem besitzen.«

Der Raum war klein, schlicht und spärlich möbliert. Eine Bank, zwei Sitzkissen, ein Bild an der Wand, ein einfaches Astkreuz, einige aufeinandergeschichtete Ziegelsteine, davor eine brennende Kerze. Opa lehnte an der Wand. Er schnarchte leise. Friedlich sah er aus. In seine Züge hatte sich sogar ein leises Lächeln verirrt.

Ich setzte mich zu ihm. Er hatte seine Schuhe ausgezogen. Über der Tür hingen sein Hut und sein Mantel, aus dessen Seitentasche Mamas rosa Knirps lugte. Auf einem Hocker unweit der Steinpyramide lag ein in Leder gebundenes Buch. Offenbar ein Gästebuch. Ich blätterte zum letzten Eintrag.

Lieber Gott, gib, dass ich meiner Familie keine Schande mache …

Nein, das war nicht Opas Schrift.

Danke dafür, dass ihr ein Licht anzündet in dieser dunklen Stadt …

Ich legte das Buch zurück an seinen Platz. Als ich mich umwandte, blickte mich Opa aus müden Augen an.

»Da bist du ja«, sagte er kaum hörbar.

»Wie geht es dir?«, flüsterte ich.

»Die Rosie macht mir Angst.«

»Wieso denn?«

»Sie ist ein Geist.«

»Das hast du nur geträumt«, versicherte ich.

»Nein, nein«, beharrte Opa, »ich habe sie gesehen.«

»Und wo? Wo hast du sie gesehen?«

»Hier habe ich gesehen.« Mit Zeige- und Mittelfinger deutete er auf seine Augen. »Hier drin.«

Ich half ihm hoch. Seine Knochen knackten. »Die anderen sind auch da«, sagte ich, »Enja, Innozenz und Florian.«

»So, so«, erwiderte er. »So, so.«

Er bückte sich, um seine Schuhe anzuziehen. Als ich ihm seinen Mantel hinhielt, packte er mich fest am Arm. »Hörst du, Sylvester, die Rosie, sie hat mich angestarrt, sie hat mich angestarrt wie ein Gespenst.«

Sein Blick war klar. Er kannte meinen Namen. Was, wenn er sie wirklich gesehen hatte?

Inno fiel Opa um den Hals. Er weinte. »Aber was soll denn das?«, wehrte Opa ab. »Nicht doch, ist ja schon gut.«

»Wo bist du gewesen, Opa?«, wollte Flo wissen.

»Im Himmel«, antwortete der.

Schwester Veronika trat vor und legte Opa eine Hand auf die Schulter. »Ich sehe, Sie sind in guten Händen«, sagte sie und verabschiedete jeden mit Handschlag. »Ich würde mich freuen, wenn wir uns bald einmal wiedersehen. Unser Haus steht Ihnen stets offen.«

Ich schickte die anderen hinaus und wandte mich noch einmal an Schwester Veronika. »Eigentlich …« Ich bemühte mich um die richtigen Worte. »… waren wir auf der Suche nach unserer Mutter, als uns Opa verloren ging. Sie ist …«

»Sie hat euch verlassen?«

Ich spürte einen Stich in der Herzgegend. So deutlich hatte das noch niemand ausgesprochen. Ich nickte.

»Zur Polizei seid ihr nicht gegangen, weil ihr Angst habt, das Jugendamt könnte sich einschalten.«

Ich nickte wieder. »Opa …« Ich stockte. »Er meint, dass er Mama *gesehen* hat. Er hat mich auf eine Idee gebracht. Ich weiß, das klingt verrückt, weil es solche Zufälle eigentlich nicht gibt, aber …«

»Du meinst, sie könnte ebenfalls hier gewesen sein?«

Statt einer Antwort kramte ich Mamas Foto aus der Tasche.

Schwester Veronika genügte ein Blick. »Eine anmutige Frau und dabei so beklagenswert einsam. Offenbar stand sie unter Einfluss von Medikamenten, jedenfalls war sie kaum ansprechbar. Sich selbst fremd, könnte man sagen …«

Ein Schauer jagte mir über den Rücken. »Und wo ist sie hingegangen?«

»Wir haben den Rettungsdienst verständigt«, erwiderte die Schwester. »Die Sanitäter haben deine Mutter zur Uniklinik gebracht, wo man sie, wie das in so einem Fall üblich ist, zunächst in der Psychiatrie untergebracht hat. Ich habe mich gleich am nächsten Tag nach ihr erkundigt.«

»Aber wir waren doch da!«, entgegnete ich heftig. »Vorhin noch! Wir haben nach ihr gesucht, aber niemand konnte uns helfen.«

»Fahrt noch einmal hin. Am besten, ihr geht sofort zur Klinik für Psychiatrie. Fragt einen Arzt oder eine Schwester. Womöglich kennt man sie dort ja unter einem anderen Namen.«

30

Die Rosie macht mir Angst.

Sie hat mich angestarrt wie ein Gespenst.

Opas Worte flirrten durch meinen Kopf. Hatte er Mama tatsächlich gesehen? Von der Notfallambulanz bis zur Psychiatrie hätte er quer übers Klinikgelände laufen müssen und anschließend wieder zurück bis zur Tramhaltestelle. Unsere Wege hätten sich kreuzen müssen. Oder hatten wir uns verpasst?

Opa sah mich nicht an. Er träumte. Gerade ließen wir den Basler Platz hinter uns. Rechts tauchte der Westhafen-Tower auf. Die Tram bremste. Jemand hupte. Ein Wagen war zu nah an die Gleise geraten. Auf der Friedensbrücke stauten sich die Autos bis zur Sachsenhäuser Seite. Ich sah übers Geländer hinaus. Der Main schimmerte silbern. Weit hinten, am anderen Ufer, tauchte das Uniklinikum aus dem Dunst.

»Jetzt wird alles gut«, sagte Inno. Seine Augen glänzten.

»Ja«, antwortete ich, »jetzt wird alles gut.«

Die Straßenbahn ruckelte wieder los. Der Autofahrer, der den Stau verursacht hatte, blickte teilnahmslos zum Fenster heraus. Als wir am Ende der Brücke in den Theodor-Stern-Kai einbogen, überholte uns ein Moped. Ich hätte schwören können, dass DJ Schmitt auf dem Bock saß, aber an einen weiteren Zufall mochte ich nicht glauben.

DJ hatte uns vorgemacht, wie man sich von seinem glanzlosen Erbe befreit. Seine Eltern, Russlanddeutsche, hatten ihn einst *Dieter Josef* getauft, ein Zugeständnis, das sie ihrer neuen Heimat schuldig zu sein glaubten, ein Irrtum, weil heute niemand mehr so heißt. Wer diese Namen trägt, kann sich gleich eine Pappnase aufsetzen oder in rosa Hotpants zur Schule gehen. Unser Freund jedoch deutete sich auf geniale Weise um: Indem er die Initialen seiner ungeliebten Taufnamen an das urdeutsche Schmitt heftete, kreierte er sein eigenes Markenzeichen, ein Logo für das neue Deutschland.

Die Tram hielt. Die anderen warteten bereits an der Tür. Ich sprang auf und folgte ihnen hinaus. Die Kälte sprang mich an wie ein bissiger Hund. Ich fror, hatte Hunger, war müde. Ich sehnte mich nach Hause.

Wir liefen am Mainufer entlang bis zur Deutschordenstraße, bogen von dort in die Heinrich-Hoffmann-Straße und näherten uns dem u-förmigen Neubau, in dem die Psychiatrische Klinik untergebracht ist. Mit einem Mal fiel mir meine Begegnung mit dem Schnauzbart wieder ein. Wenn er noch immer im Dienst war, würde er mich kaum vorbeilassen. Ich setzte meine Geschwister ins Bild.

Enja feixte. »Mein großer Bruder, mein leuchtendes Vorbild – wenn Mama das wüsste, dann …«

»Weiß sie aber nicht! Und jetzt haut endlich ab!«

Enja und Inno verschwanden im Haus, während ich mit Flo und Opa draußen warten wollte. Opa jedoch hatte Durst, »schrecklichen Durst«. Ich schielte hinüber zur Kaffeestube im Erdgeschoss. Wenn wir einen Bogen schlugen, würde uns der Schnauzbart von seinem Tresen aus kaum sehen.

Wir wechselten den Bürgersteig und näherten uns dem U von rechts. Flo rannte voraus. Opa zauderte plötzlich. Er blieb sogar stehen und drehte sich um, so als wolle er den Rückweg antreten. Ich sah, wie Flo im Café verschwand. Ich drängte Opa weiterzugehen. Aber er weigerte sich. Irgendetwas schien ihn zu ängstigen. Ich konnte jedoch nichts entdecken, das als Ungeheuer infrage kam. Allenfalls der bärtige Riese, der vor dem Café eine Zigarette rauchte, ein Kellner oder Koch, jedenfalls trug er eine fleckige Schürze. Bei näherem Hinsehen wirkte er wenig furchteinflößend, eher wie ein gutmütiger Bär.

Als wir näher kamen, verwandelte sich der Teddybär jedoch urplötzlich in einen wütenden Grizzly.

»Das gibt's ja wohl nicht!«, polterte er und verstellte uns den Weg. »Traut sich der Graukopf doch tatsächlich noch einmal hierher. Gehört der zu dir?« Sein wulstiger Finger stocherte durch die Luft, als wollte er ein Loch hineinstoßen.

»Wieso?«

»Wieso?!«, fauchte der Bär. »Weil er, ohne zu zahlen, das Weite gesucht hat, der alte Halunke!«

»Halunke? Meint der mich?!«

Opa holte aus, doch der Bärtige war schneller. Er packte Opas Arm und bog ihn nach hinten. Opa jaulte wie ein ängstlicher Welpe. Ich verpasste dem Riesen einen Hieb in die Seite, doch er zuckte noch nicht einmal. »Halt dich da besser raus, Kleiner!«, brummte er und schubste mich weg. Ich stolperte und schlug mit dem Kopf auf den Bordstein. Ich hörte Opa schreien. Wo war Flo? Ich rappelte mich auf. An der Scheibe klebten bleiche Gesichter. *Also gut.* Ich nahm Anlauf und stürzte mich auf den Riesen. Er war mindestens einen Kopf größer und doppelt so breit, trotzdem riss ihn die Wucht meiner Wut zu Boden. Ich hörte es krachen, Glas splitterte. Als ich aufsah, lag der Riese regungslos neben dem Eingang. Um ihn herum ein Meer winziger Scherben. Die Tür hinter ihm war demoliert. Opa kauerte unweit von mir und staunte mich an. Ich half ihm hoch.

Weg hier, nur weg! Flo, verdammt, wo bist du?

Als das Mondgesicht meines kleinen Bruders endlich am Fenster erschien, war es bereits zu spät. Von der Straße aus näherte sich ein Wachmann. Er schnatterte aufgeregt in sein Funkgerät, während seine Hand den am Gürtel baumelnden Schlagstock umklammerte.

Opa rührte sich nicht. Sein zuckendes Auge war das Einzige an ihm, das sich bewegte.

Inzwischen hatten sich einige Gäste herausgetraut. Der Wachmann beendete sein Gespräch. Eine Oma mit hochtoupiertem Haar und lila Jogginghose zeigte auf mich. »Der war's!«, rief sie. »Der da!«

»Sie rühren sich nicht vom Fleck!«, befahl mir der Wachmann. Seine Stimme war nicht annähernd so entschlossen wie der Ausdruck, um den er sich bemühte.

Flo drängte sich an den Leuten vorbei. Er weinte. Ich hob ihn hoch und presste ihn an mich. »Hör zu«, zischte ich, »ruf Enja an, sag ihr, sie soll sofort herkommen.« Ich ging in die Knie, drückte ihm mein Handy in die Hand und betätigte die Wahlwiederholung. Der Wachmann beobachtete uns misstrauisch. »Lauf zu Opa«, flüsterte ich. »Hörer ans Ohr! Red leise! Keiner darf unser Geheimnis erfahren.«

Während Flo zu Opa rannte, machte ich einen Schritt auf den Wachmann zu. »Ich kann alles erklären«, sagte ich. »Ich …«

»Stehen bleiben!« Der Wachmann blitzte mich an. Die Knöchel seiner Schlagstock-Hand traten weiß hervor. Er wandte sich an die Schaulustigen. »Hat einer von Ihnen den Notarzt alarmiert?«

»Ist unterwegs«, erwiderte ein Mann.

Der Riese wälzte sich auf die Seite. Er stöhnte leise. Eine Frau ging in die Hocke und legte ihm eine zusammengerollte Jacke unter den Kopf. Ihr Blick traf mich wie der Pfeil aus einem Blasrohr. Ich blickte zu Flo. Seine Lippen bewegten sich lautlos. Er nickte. Ich lächelte ihm aufmunternd zu. Ich betete, dass Enja und Inno schon unterwegs waren. Dass sie vor der Polizei hier sein würden. Ich war bereit, die Schuld auf mich zu nehmen, sobald ich die anderen in Sicherheit wusste.

Flo ließ mein Handy sinken. Jetzt redete niemand mehr. Der Wachmann lauerte mich an. Ich trieb mir die Fingernägel in die Handflächen, meinen Fluchtinstinkt unterdrückend, als unerwartet mein Scharfrichter die Bühne betrat.

Für seinen großen Auftritt schien er sich extra hergerichtet zu haben. Sein Scheitel blitzte wie die Klinge eines Rasiermessers, an seinem Schnauzbart stand kein Härchen quer. Über dem Rollkragenpullover trug er ein graues Jackett, das nicht zu seiner cremefarbenen Hose passte, die überdies viel zu kurz war, um seine weißen Socken zu verhüllen. Im Licht des dämmernden Tags wirkte er noch schmächtiger als auf der Höhe seines Throns.

»Du hättest besser auf mich hören sollen«, erklärte er gehässig und warf sich in Positur. Offensichtlich wollte er seinen Triumph auskosten, ein Vorhaben, das jedoch allein seiner piepsigen Stimme wegen misslang.

»Fick dich!«, zischte ich, wusste ich doch, wie sehr ihm Aufforderungen dieser Art gefielen.

»Ruhe!«, kläffte der Wachmann, während der Schnauzbart vorsichtshalber einen Schritt zurückwich.

Der Riese erwachte. Benommen richtete er sich auf und sah sich um. Allmählich schien er sich zu erinnern. Er betastete seinen Hinterkopf, zog seine Hand zurück. Blut klebte daran. Seine Samariterin bückte sich rasch und holte ihre Jacke vom Boden. Angewidert starrte sie auf den Fleck am Revers.

Ein Polizeiauto erschien in der Einfahrt, mit Blaulicht, aber ohne Sirene. Im selben Moment tauchten Inno und Enja auf. Beide rannten auf mich zu. Der Wachmann zog seinen Schlagstock aus dem Gürtel.

»Was ist los?«, keuchte Enja.

»Keine Zeit. Schnappt euch die beiden und haut ab!«

Enja hatte das Polizeiauto längst bemerkt. Sie fragte nicht nach. Ihr Blick traf mich mitten ins Herz. Inno zögerte.

»Los! Verschwindet!«, zischte ich.

Inno zerrte Opa hinter sich her, während Enja Flo auf den Arm nahm. Niemand hielt sie auf. Ich sah ihnen nach, bis sie hinter dem Haus verschwanden. Dann sackte ich zusammen.

Wir waren zu spät. Mama war nicht mehr hier. Ich hatte es in Enjas Augen gelesen.

31

Gib auf deine Gefährten acht.

Einer wird versucht sein, eine Dummheit zu begehen …

Euer Schicksal liegt in deiner Hand.

T hatte das Unheil vorausgesagt. Er hatte sogar den Ort des Geschehens *gesehen.* Gleißende Helligkeit, Neonlicht. Zudem hatte er verkündet, wer für den Fehltritt meines Gefährten verantwortlich sein würde. Ich nahm die Schuld an.

Für die Ordnungshüter war die Sache nach wenigen Minuten geklärt. Die Samariterin bezeugte, dass ich den bedauernswerten Kellner heimtückisch und ohne jeden Grund attackiert hätte, der Schnauzbart behauptete ungefragt, ich sei ihm bereits Stunden zuvor durch mein aggressives Verhalten aufgefallen. Ihnen war egal, dass ich Opa und mich bloß verteidigt hatte, zumal gegen einen Titanen in Menschengestalt – schließlich hockte nicht ich, sondern er mit blutendem Schädel im Staub, und das böse F-Wort hatten alle gehört.

Sie legten mir Handfesseln an und durchsuchten mich, um enttäuscht festzustellen, dass ich weder eine Waffe noch einen Ausweis besaß. Der Ältere von beiden fragte mich nach Namen und Alter sowie meiner Adresse, aber ich schwieg beharrlich, um den anderen Zeit zu verschaffen. Zeit, die sie hoffentlich zu nutzen wussten.

Schließlich brachten sie mich ins 10. Polizeirevier und übergaben mich dort in die Obhut eines bierbäuchigen Androiden, der so beschäftigt war, dass er erst nach einer Stunde aufsah.

»Vorname, Familienname, Geburtsdatum!«

Ich blieb stumm, weshalb er mich wieder mit Nichtachtung strafte und wohl hoffte, dass mich die rückenlehnenlose Holzbank, auf der ich saß, irgendwann zur Besinnung brächte.

Als ich mich nach einer weiteren Stunde noch immer weigerte, meine Identität preiszugeben, zitierte der Dicke einen jüngeren Kollegen herbei, der meine Fingerabdrücke nahm und ein paar nette Fotos von mir schoss. Freundlich fragte er mich, ob ich mit einem Mundhöhlenabstrich einverstanden sei, was ich verneinte, woraufhin er mich wieder dem Dicken übergab.

»Du willst es nicht anders«, murmelte der und griff zum Telefonhörer. Er tippte eine Nummer ein, wartete einige Sekunden und legte gleich wieder auf.

»Tja, so ein Pech«, verkündete er achselzuckend, »der zuständige Richter geht leider nicht ans Telefon. Was soll ich machen? Ohne Angaben zur Person muss ich dich leider über Nacht hierbehalten. Torsten, wärst du so lieb?«

Sein Kollege führte mich in den hinteren Teil der Wache und schloss mich dort in eine winzige Zelle. Sie war weiß, kahl und mit dem gleichen Stehklo ausgestattet wie unser Liebesnest in der Notaufnahme. Nur dass ich in dieser Zelle nicht sieben Minuten, sondern mindestens sieben Stunden verbringen sollte und mir die Zeit darin alleine vertreiben musste.

Die plötzliche Stille, das grelle Licht und die jäh empfundene Einsamkeit zerrten an meinen Nerven. Ich legte mich auf die Pritsche, rollte mich zusammen und verbarg mein Gesicht unter meinen Armen. Ich sprach mir Mut zu, ich redete tatsächlich mit mir selbst.

Sie sind halt wütend, sie wollen dich weichkochen, aber letztlich müssen sie dich laufen lassen, halt aus, du bist stärker als sie.

Was hatten sie denn gegen mich in der Hand? Als sie mich abführten, war der Riese längst wieder auf den Beinen. Er rieb sich zwar seinen mächtigen Schädel, machte aber nicht den Eindruck, als ob er sich ernsthaft verletzt hätte. Bei so vielen Gästen würde sich wohl auch irgendeiner finden lassen, der bezeugen konnte, dass ich nicht der Angreifer war, sondern in Notwehr gehandelt hatte. Dass ich Opa verteidigt hatte. Zudem gab es keine Vorstrafen, was sich überprüfen ließ, wahrscheinlich hatten sie das längst getan.

Allmählich beruhigte ich mich. Ich versuchte sogar zu schlafen. Ich zwang mich, tief ein- und hörbar wieder auszuatmen, Mamas Patentrezept gegen innere Spannungen. Allerdings schlief dabei nur mein Arm ein, weshalb ich endlich aufstand und der Wahrheit ins Auge sah.

Mit der Dämmerung kroch die Kälte in meine Zelle. Der Dicke hatte mir meine Jacke abgenommen, was mir blieb, waren Sweater und Jeans. Die Heizung entpuppte sich als Attrappe, die vergitterte Luke darüber ließ sich nicht schließen. Nebel waberte aus meinem Mund und legte sich kalt auf meine Haut. Ich erinnerte mich an *Papillon* mit Steve McQueen in der Hauptrolle. Seine endlosen Runden gegen die schwindende Kraft. Ich lief los. Rannte auf der Stelle. Dabei war der Gestank aus dem Klo kaum zu ertragen. Zehn Liegestütze, zehn Sit-ups, zehn Klimmzüge am Fenster.

Als mir endlich wärmer war, hockte ich mich auf die Pritsche und schlang die Arme um meine Knie.

Auf der Wand gegenüber tauchte Mamas Gesicht auf.

Wo bist du?

Warum hast du nicht auf uns gewartet?

Wir hätten dich heimgeholt …

T meldete sich zu Wort:

Solange sie sich fremd bleibt, ist sie geborgen.

Sobald sie aufwacht, sollte jemand da sein, den sie liebt.

Opa unterbrach ihn:

Die Rosie macht mir Angst.

Sie hat mich angestarrt wie ein Gespenst.

Ich schimpfte mit ihm:

Frag, wenn du was brauchst. Nimm's dir nicht einfach.

Hattc cr tatsächlich dic Zcchc gcprcllt?

Ich musste mit Enja reden. Oder mit Inno. Ich hatte das

Recht dazu. Jedenfalls wollte ich glauben, dass in diesem speziellen Fall die Filmrealität meine eigene Wirklichkeit spiegelte. Gefangene durften ihren Anwalt anrufen oder einen nahen Verwandten, der Kommissar erlaubte wenigstens ein Telefonat, sofern man Kleingeld hatte und die Nummer im Kopf …

Torsten Wärstdusolieb hatte mir gezeigt, wie die Gegensprechanlage funktionierte. »Für den Notfall, hörst du, das ist kein Pizzaservice.«

Ich drückte den Knopf. »Ich möchte telefonieren«, sagte ich in das Rauschen hinein.

Niemand antwortete. Wahrscheinlich sah der Dicke noch nicht einmal auf.

»Ich muss telefonieren!«, wiederholte ich eine Spur lauter.

»HALLO?!«

Ich presste mein Auge an das Guckloch der Tür.

»ICH WILL TELEFONIEREN!!!«

Bald näherten sich schlurfende Schritte. Jemand steckte einen Schlüssel ins Schloss. Ich trat zurück. Die Tür sprang auf. Der Dicke, wutrot, blitzte mich an.

»Wenn hier einer schreit, dann bin ich das!«, brüllte er.

Stumm heftete ich meinen Blick auf den Fettwulst zwischen seinen Augen.

»Ist dir dein Name wieder eingefallen?«

»Sylvester Stallone«, entgegnete ich.

Die Oberlippe des Dicken zuckte fies. »Bist ein ganz Schlauer, was? Dann hör mal gut zu, was dir Bruce Willis empfiehlt: Verhalt dich schön still, sonst stopf ich dir das verschissene Höschen deines Zellennachbarn ins Maul, kapiert?«

»Ich muss telefonieren«, erwiderte ich ruhig.

»OB DU VERSTANDEN HAST?!«

»Muss wohl Wachs in den Ohren haben.«

Das war zu viel. Der Dicke ballte die Faust und machte einen Schritt auf mich zu. Wenn er erwartet hatte, dass ich zurückwich, hatte er sich getäuscht. Stattdessen beugte ich mich vor, was ihn abrupt innehalten ließ. »Freundchen«, flüsterte er, »treib's nicht zu bunt.« Allerdings wusste er seiner Drohung nichts hinzuzusetzen, weshalb er keuchend den Rückzug antrat. Nicht ohne mir geräuschvoll vor die Füße zu spucken, wie das in schlechten Krimis üblich ist.

Natürlich würde er mich die Nacht über schmoren lassen, so viel war klar, vermutlich sogar über den Morgen hinaus. Egal. Inzwischen wusste ich ja, wie ich mich gegen die Zeit und die Kälte wappnen konnte. Ironischerweise hatte mich der Dicke selbst darauf gebracht, mich meiner Stärken zu besinnen. Kein Mensch auf der Welt zwingt mir seinen Willen auf, schon gar kein Brüllaffe wie er.

Ich setzte mein Zirkeltraining fort. Liegestütze, Sit-ups, Klimmzüge. Ich probierte, die Wände hochzulaufen, aber der Anlauf war zu kurz, sodass mein Salto misslang. Meine Schritte maßen die Zelle ab, wie es mich Steve McQueen gelehrt hatte, und ich folgte mit geschlossenen Augen der eigenen Spur.

Irgendwann schlief ich ein. Ich träumte Schnee, ein weißes Rauschen ohne Ton. Ich mittendrin. Ich taste mich vorwärts. Blind und taub. Der Schnee legt sich auf meine Haut. Schmilzt und gefriert. Bald fühle ich nichts mehr. Nur Eiskälte. Außen und innen. Als ob ich den Schnee atme. Ich japse. Panik steigt in mir auf. Ich reiße den Mund auf, schnappe nach Luft, vergeblich, ich …

Keuchend wache ich auf. Im ersten Moment kann ich mich nicht bewegen. Alles steif gefroren. In meinem Magen klafft ein Loch. Ich versuche mich zu erinnern, wann ich das letzte Mal etwas gegessen habe, aber es fällt mir nicht ein. Ich rubble meine Arme warm, stelle mir vor, dass mir der Dicke durch den Spion dabei zusieht und wie ich ihm meinen Zeigefinger ins Auge stoße.

Ich stehe auf. Sehe durch die Luke. Warte, dass etwas geschieht. Schneeflocken trudeln herab, wirbeln hoch, treiben fort und verlieren sich im Zwielicht des heraufdämmernden Tags. Schnee fällt auf Schnee, samtweiche Wolken, die mit der Zeit verkrusten, vereisen, schmelzen und zerfließen. Die weiße Pracht wird sich in grauschwarzen Matsch verwandeln, Spuren werden verwässern, die Zwillinge müssen sich eine neue Zuflucht suchen und die Bewohner der *Engelsruhe* einen neuen Traum.

Jede Sackgasse kennt zwei Richtungen. Irgendwann muss ich mich entscheiden. Bleiben oder gehen. Sich verkriechen oder sich dem Kampf stellen. Verlieren oder gewinnen …

Verlierer stehen an Trinkhallen und reden vom Verlieren.

Ich höre Schritte. Jemand pfeift ein Lied. Die Tür öffnet sich, ein Polizist tritt ein. Er hat einen d'Artagnan-Bart, trägt Uniform, darunter einen blauen Pullover. Sein Blick streift meinen Sweater. Er schüttelt den Kopf. »Ich bringe Ihnen gleich eine Jacke«, sagt er und reicht mir ein Telefon. »Ihre Schwester.«

»Enja?«

»Augenblick, hier ist jemand, der mit dir reden will.«

Ich presse den Hörer ans Ohr, während der Polizist leise die Tür hinter sich zuzieht. Ich höre sie leise weinen. »Es tut mir so leid«, flüstert sie, »so unendlich leid, Sylvester, hörst du, das wollte ich nicht, das nicht …«

»Jetzt wird alles gut«, antworte ich, »alles wird gut.«

Mama lacht. »Ja, das hat dein Bruder auch gesagt, genau das.« Sie schnieft ins Telefon. »Hörst du, wir sind unterwegs, wir holen dich da raus. Wenn ich …« Sie schnäuzt sich wieder. »Herrgott, ich mache es wieder gut, glaub mir bitte, ich mache es wieder gut.«

»Sly?«

Enja.

»Lass *mich* …«

Inno.

»Nein, *ich*!«

Wieder Enja.

»Hör zu, Rübezahl lässt dich grüßen. Im Ernst. Wir waren vorhin bei ihm. Sein Chef hat bestätigt, dass ihn Opa voll abgerippt hat. Mampft 'n Rindersteak mit Böhnchen und Rosmarinkartoffeln und haut dann einfach ab. Krass, oder? Mama hat Rübezahl zwanzig Euro in die Hand gedrückt, damit ist die Sache für den erledigt. Hatte sowieso ein schlechtes Gewissen, weil er Opa wehgetan hat. Das habe ihm leidgetan, sagt er. Und dann hat er noch gemeint, dass du ganz schön durchgeknallt seist, denn außer dir hätte sich noch nie jemand mit ihm angelegt. Obwohl – er an deiner Stelle hätte dasselbe getan, von wegen Familie und Zusammenhalt und dem ganzen Scheiß. Also, bis gleich!«

Ich mache es wieder gut.

Familie ist wichtig, darüber gibt es nichts.

Ich stehe unter der Luke und sehe hinauf in den weißgrauen Himmel. Windböen wirbeln die Schneeflocken auf und drücken sie nieder. Bis auf wenige Pausen schneit es den zehnten Tag in Folge. Ich ziehe mich am Gitter hoch und blicke hinunter. Der Hof, die Straßen und Gehwege – der Schnee tilgt jede Spur oder Kontur. Was, wenn es ewig so weiterschneit, wenn die weiße Pracht am Ende auch die Häuser unter sich begräbt? Nur die Wolkenkratzer stächen dann noch heraus, Leuchttürme in einem glitzernden Meer, Pfahlspitzen einer weißen Wüste.

»Will gar nicht mehr aufhören, was?«

D'Artagnan steht in der Tür. Er hält mir meine Jacke hin. Ich danke ihm und gebe ihm das Handy zurück. Er nickt. Als er geht, lässt er die Zellentür offen.